你才是我盛开的样子

YOU ARE BLOOMING AS ME

希雅 著

天津出版传媒集团

天津人民出版社

图书在版编目（ＣＩＰ）数据

你才是我盛开的样子 / 希雅著. —— 天津：
天津人民出版社, 2015.2（2020.3重印）
ISBN 978-7-201-09146-4-01

Ⅰ.①你… Ⅱ.①希… Ⅲ.①长篇小说 – 中国 – 当代
Ⅳ.①I247.5

中国版本图书馆CIP数据核字(2015)第031087号

你才是我盛开的样子

NI CAISHI WO SHENGKAI DE YANGZI

希雅 著

出　　版	天津人民出版社
出 版 人	刘　庆
地　　址	天津市和平区西康路35号康岳大厦
邮政编码	300051
邮购电话	（022）23332469
网　　址	http：//www.tjrmcbs.com
电子信箱	reader@tjrmcbs.com
责任编辑	玮丽斯
装帧设计	胡万莲　芬　子　杨思慧
制版印刷	三河市华东印刷有限公司印刷
经　　销	新华书店
开　　本	660毫米×960毫米　1/16
印　　张	16
字　　数	175千字
版权印次	2015年2月第1版　2020年3月第2次印刷
定　　价	42.80元

目录 C O N T E N T S

01 第一章 CHAPTER 初 见 与 决 定 001

02 第二章 CHAPTER 星 星 与 烟 花 031

03 第三章 CHAPTER 登 山 包 057

04 第四章 CHAPTER 徘 徊 与 难 眠 083

05 第五章 CHAPTER 智 者 与 傻 瓜 109

目录 C O N T E N T S

06 第六章 CHAPTER 　青 梅 与 竹 马　137

07 第七章 CHAPTER 　眼 泪 与 泪 眼　161

08 第八章 CHAPTER 　拥 有 与 失 去　187

番 外 SPECIAL 　告 白 与 告 别　211

初 见 与 决 定 01 第一章
CHAPTER

ARE BLOOMING AS ME

戴上红色鼻头，我是涂了花脸的小丑，在你的世界里扮演一个逗趣者。你看到的我，永远在笑，你以为我永不会受伤，那是因为你从不肯揭下我的面具，看一看我泪流满面、妆容模糊的脸。

01

明月星辰，十月的风微冷，拂过我的发梢，却如同寒冬腊月的风，吹得我心里冰凉冰凉的，因为我看见萧天时正和一个长得非常漂亮的女生在树下说话。

那个女生我认识，她叫陈小染，和萧天时以及我一样，都是大二学生。她似乎一直和萧天时在一起，有萧天时的地方，一定有她。

我曾经听说过一个传闻，假如有一天萧天时想找朋友了，那么最有可能成为他朋友的人，就是陈小染。

我蹲在男生寝室楼边的灌木丛里，一边揪着万年青的叶子，一边幽怨地看着还没有分开的两个人。

身边人来人往，好像完全不能打扰到他们。

都怪寝室楼门口的那盏灯，没事那么亮做什么，将萧天时与陈小染说话的一幕照得那么清晰。

我心里五味杂陈，最为明显的两种情绪是嫉妒和羡慕。

"天时，天时，有你电话！"

大嗓门的男声传了过来。

两个人终于分开了，我松了一口气。假如他们再不分开，我都要冲出去将他们拉开了。

"天时。"

说话的男生从寝室楼里走了出来，他个子很高，有一双桃花眼，看着人的时候仿佛在笑，整个人像三月樱，透着一股子鲜活劲儿。

萧天时跟他可不一样，他的目光很沉静，气质儒雅，像晕开的水墨。

那个男生站在萧天时身边，只稍稍矮了一点点。

萧天时身高一米八六。

说话的男生我也认识，和萧天时是一个寝室的，同时也是他的好朋友，名叫陈浩，和萧天时是截然不同的类型。

我一直很好奇，沉着冷静的萧天时，是怎么和阳光一样的陈浩成为好朋友的。

"我回寝室了。"陈小染脸上堆着红晕，说。

"生日快乐，回去小心点儿。"萧天时冲她礼貌地笑了笑，然后转身，接过陈浩递过去的手机，按下接听键。

也不知是谁打来的电话,萧天时的声音突然变得非常温柔,一身淡漠疏离的傲气也在瞬间消失不见了,甚至声音里还隐隐透着一丝讨好:"怎么想起给我打电话啊,最近还好吗?"

我还想再多听他说些什么,可惜他已经走进了寝室楼。

陈小染脚步轻快地从我面前的水泥路上走过去,不用看她的脸色,我也知道她此刻的心情一定非常好。

能不好吗?

我蹲在灌木丛里,看着她离开。

其实说起来,陈小染的确有资格待在萧天时身边,一米六八的身高,白皙的脸上有着精致漂亮的五官。她很瘦,但该有肉的地方,绝对有肉。

她就是大家说的那种大家闺秀,气质优雅,谈吐得体。每次看到她站在清雅如莲、儒雅似墨的萧天时身边时,我总觉得那画面很养眼。

俊男美女,怎能不让人赏心悦目?

"喂。"

陈浩的声音忽然在我头顶响起。

声音离得太近,把我吓了一大跳,我本能地想要逃跑,可因为蹲得太久,我的双腿已经麻木了,猛地站起来,我瞬间失去重心,便朝前狠狠摔了下去。

"你大晚上的不睡觉,蹲在这里做什么啊?"陈浩的声音带着笑意,让人听着心情愉悦。

他将手伸到我面前,要扶我起来。

　　我一把拍开他的手，趴在地上仰头瞪他，没好气地说："你管我来做什么啊？反正我不是来看你的。"

　　"来看萧天时的，我知道。"陈浩"哈哈"笑了两声，无视我黑得像锅底的脸色，一把将我从地上拽了起来。

　　"知道还问，你无不无聊？"我白了他一眼，自个儿从地上爬了起来，拍了拍身上的灰尘、草屑，朝他挥挥手说，"再见。"

　　"别走啊。"他笑着跟了上来。

　　因为他比我高好多，所以几步就追到了我身边。

　　他低头强忍着笑意说道："我说小不点儿，你真打算一直耗下去啊？我以为你很快就放弃了！你这么跟在天时身后也有一年了吧？"

　　"怎么，你有意见？"我立马怒了，不过很快就注意到了一个问题，"不对啊，你怎么知道我跟在他身后一年了？难道萧天时一直在偷偷关注着我？哎哟，他怎么不告诉我？太见外了，哈哈！"

　　"你想多了。"陈浩毫不留情地戳破我的幻想，"他身边那么多花花草草，怎么可能注意到你？"

　　"你不就注意到了吗？等等，你不会喜欢我吧？你别喜欢我啊，我只喜欢萧天时！你虽然也不错，但我可是很专一的。我跟你讲，你没机会的，你别浪费时间，也不要企图诱惑我！"我不服气地用力瞪他。

　　"咳咳。"估计是我眼神的杀伤力太大，他呛了一口冷风，顿时咳嗽起来，咳得白皙的脸上浮起一层红晕，樱花似的嘴唇上有着淡淡的柔光。

　　昏暗的路灯下，他的眼睛却亮得惊人。

他边咳嗽边笑，笑得直不起腰来："有意思，太有意思了，我不知道天时身边，竟然有你这么个活宝。"

"喂！"我怒了，"你什么意思？"

"哈哈。"他笑得更凶了，虽然我完全不知道这有什么可笑的。

唉，好可惜啊，白长得人模人样的！

之前远远看着他跟在萧天时身边的时候，还觉得这个人笑嘻嘻的，脾气一定很好，可是今天才知道，这个人简直太讨厌了。

"有这么好笑吗？"我心里有些懊恼、沮丧和愤怒。我喜欢萧天时，跟在他身后这么久，每一次我都觉得自己做好了准备，可以用最好的状态出现在他面前，可是每次要么有突发事件，要么自己临时打退堂鼓，导致一年了，我还没有正儿八经地告诉他："我叫江琳，我喜欢你。"

可就算这样，我也是在好好地喜欢萧天时，但眼前这个男生竟毫不掩饰地嘲笑我。

"真的很好笑。"他笑得上气不接下气，"你看看你，这么一点点高，细胳膊细腿的，身材平板，存在感低得不能再低，躲在角落里都没人能发现你，就这样你哪里来的自信。"

"说不定萧天时就喜欢我这样的呢！"我摆了几个姿势，给了他一个白眼，"你不喜欢我最好，免得萧天时在兄弟和恋人之间为难。"

"你这么喜欢萧天时，怎么不和他做朋友啊？"陈浩极力忍住笑意，脸部肌肉不断地抽搐，可见他忍得非常辛苦，"你去试试，说不定真成功了呢。"

"你不懂。"我"嘿嘿"笑了两声,"所谓知己知彼,百战百胜,我得先全方位了解萧天时再行动,我可不打无准备的仗。"

"你害怕?"他忽然停下了笑,锐利的目光一动不动地盯牢了我,"你其实是害怕他拒绝你,你不敢,只敢躲在阴影里看着。"

"啊。"他的话一下子戳中我的心,我安静了下来,像只斗败的公鸡。

这么轻而易举地就被人戳破心事,我简直太失败了。

"和我想的有点儿不一样啊。"他喃喃地说了一句,"我以为你会更加勇敢一点儿的。"

"喂!你以为你很了解我吗?"我被他这句话激怒了,"谁说我不敢?"

"好样的!"他眼睛一亮,冲我鼓掌,"小不点儿同学,我为你的勇气感到自豪!"

我白了他一眼,说:"喂,我不叫小不点儿,我叫江琳。还有,咱俩不熟。"

我说完转身就走,打算回寝室去。

"现在不就熟了嘛,你不叫小不点儿,我也不叫'喂',我叫陈浩。认识你真是太有意思了。"他在我身后大笑着对我说道。

这人真是讨厌极了!

我加快了脚步,心却蓦地慌了起来。怎么办?刚刚夸下海口,可现在的我,根本做不到这种事啊!

02

我曾勇敢过，天不怕地不怕地追过那么一个人，可是后来得到的，不过是一句"你很烦，从我身边走开"。

尽管这样，我还是没有放弃，一直到最后他去国外念大学，临行前长舒一口气对我说："江琳，总算是能摆脱你了。"

我一直记得那个眼神，冷漠中带着一丝嫌弃，我澎湃的激情一下子就被浇灭了。

尽管在饱餐一顿羊肉串之后，我就将这事儿忘到九霄云外去了，但后遗症是，我没有办法像那个时候那么勇敢了。

来上大学之前，我姐江玥把我堵在房间里，郑重地警告我，不要再那么没心没肺，轻易就喜欢上别人，然后追得人家丢盔卸甲，为了躲我躲到国外去。我也再三保证，我江琳绝对不是那种仅凭一面之缘就喜欢上对方的女生。

但是在进入大学的第三天，我就遇见了萧天时。

认识他的那天，是个下雨的晚上。

刚刚开学，辅导员让大家晚上六点去大教室集合。因为才开学，寝室里的同学都不熟，等我午睡起来，天已经黑了，寝室里一个人都没有了。

我急匆匆地穿戴整齐，跑出寝室的时候，外面天色已经黑了，而且一副随时都会下雨的样子，于是我赶紧往大教室跑去。

可是，我们学校是出了名的大，我又是个路痴，除了寝室，东西南北都分辨不出来。在找了大半个小时后，还是没有找到辅导员说的那栋教学楼时，我终于意识到我迷路了。

彼时，学校里只有大一新生，大二、大三的学姐学长们都还没开学。我一路走过去，半个人影都没遇到。更糟糕的是，我走的时候因为太匆忙而忘记带手机了。

我越走越偏僻，渐渐地建筑物少了，树木多了起来。黑暗中像是藏着无数张牙舞爪的猛兽，随时会冲过来撕碎我。

我越走心里越慌，最后干脆跑了起来。

忽然，一滴冰冷的水珠落在了我的脸上。

我心里咯噔一下，这可真是屋漏偏逢连夜雨，我迷路了，没带手机没带伞，偏偏还下雨了！

我顾不上找去集合点的路，只想着找个建筑物挡雨，好在我跑了没多远就看到了一栋教学楼，于是我一口气冲了进去，雨跟着就"哗啦哗啦"地下大了。

冷风吹过，我哆嗦了一下。入了秋，早晚的温度有点儿低，尤其我们学校周围全是山，昼夜温差就更大了。

我只能祈祷这场雨快点儿结束，我可不想一夜都困在这里。

我又冷又饿又害怕，只想着要是这个时候有个人出现在这里，给我送把伞，送我回寝室，我一定感激涕零！

可是我幻想了十多种浪漫情景，还是没人到这里来，只有越来越黑的雨夜和越来越冷的我。

我双手紧紧抱着膝盖，将脑袋埋进臂弯里，这样可以让自己稍微暖和一点儿。

这么缩着，我的眼皮越来越沉，跟着竟然不知不觉地睡着了。睡着的我还做了一个梦，梦里有个水墨泼染的少年举着伞从天而降，白皙的脸上，有一双明亮的眼睛，整个人安静儒雅，清淡得如莲花一样。

他修长的手指抓着一把黑白格子伞，声音像是二月春风一样和煦，喊我："同学，同学，你醒醒。"

我一下子就清醒过来，那一瞬间我像是被雷劈中一般，呆呆地看着眼前微微弯着腰、用略带关切的目光注视着我的沉静少年。

我伸手用力捏了捏他的脸，当柔软温暖的触觉传入手心时，我触电一般缩回自己的手，瞪大眼睛望着他，不是梦！

"天使！你简直是天使！"我激动得不得了，用力抓着他，害怕他在我眨眼的时候跑掉。

四周很昏暗，只有被草丛掩着的灯亮着，他的脸色看上去有些尴尬和无措，不过嘴角扬着，像是笑了。

这一笑，仿佛一池春荷盛开，雅致清新，还未有风，已是摇曳生姿，美不胜收。

那一刹那，我的心头蓦地浮上一种众里寻他千百度，那人却在灯火阑珊处的感觉。

我以前从不相信一见钟情，因为喜欢一个人，要先知道那个人哪里好。

可是遇见这个人，我才明白，有时候你不必知道他哪里好，只要知道他出现在你面前，这本身就是最大的奇迹。

"我不是天使，我叫萧天时。"他直起腰来，居高临下地看着我，或者说居高临下地看着我抓着他裤腿的手，"我不会跑掉的，你放心。"

真体贴啊，我心里浮上一丝暖意。

"我迷路了，而且忘记带伞……"

我不好意思地松开手，他再次将手递给我。

我伸手搭上去，他的掌心很温暖，在我的手指触及他掌心的瞬间，像有一股电流从我的指尖一路蔓延到头皮，我骨头立马就酥了。

"我送你回去吧。"他好脾气地说，"没事的，你的寝室在哪里？"

"B栋106号。不过，我不能回寝室，要去大教室集合。"我盯着他的脸，怎么也挪不开视线。

他像是已经习惯了我这样的目光，丝毫不在意。

反倒是我自己有些不好意思了，连忙站起来。

可是，即使我站得笔直，却还不到他肩膀高，我顿时嫌弃起自己的身高来，我爸妈个子都高，我姐更是接近一米七，偏偏我只有一米五五，简直太不公平了。

"走吧，我带你过去。"他笑了笑，将伞朝我稍稍侧了过来。

风很大，他很体贴地将我挡在一边，风雨都落在他另一侧身上，我仰

起头看着他，他低头看我，冲我笑着说："怎么了？"

"没，没什么。"我的心脏"扑通扑通"地狂跳起来，他淡漠儒雅的气质，让我生出一股自卑感，"你也是新生吗？"

"是的。"他轻轻点点头，然后就沉默了，显然不打算继续跟我说下去。

我也不好开口。

我能感觉到自己非常紧张，紧张到路都不太会走了。不过他也是新生，为什么会出现在这里呢？这个地方看起来偏僻极了。

他领着我拐了几个弯，跟着我的视野就变得明亮起来，那是教学楼里的灯光，原来我迷路的地方，离教学楼如此之近。

明亮的灯光下，我可以更加清晰地看清他的脸，宛如最精细的水墨画晕染在眼前，他是踏着丛莲走来的少年，修长的身体站得笔直，他握着伞的手，指节泛白，干干净净。

我的大脑一瞬间短了路，我想我大概是完了。

我多希望这段路是无限蔓延的，时间在这一分这一秒定格就好。

我大概喜欢上这个人了。

我看着他的眼睛，因为落进细细碎碎的灯光，那双眼睛显得无比璀璨。

我完了。

03

　　与萧天时的第二次见面，是在军训的时候。

　　教官领着我们越野长跑，我跑得气喘吁吁，脚踢到裸露在外的树根，险些栽倒的时候，一只手牢牢地抓住了我的手臂，我惊得抬头看过去。

　　他那双宛如点漆的双眸笔直望入我的眼睛里。

　　这是第一次，我在白天见到他。

　　军训服穿在他身上，宛如量身打造的一般，衬得他朗眉星目，那丝水墨气息被冲淡了，少了一丝柔美，多了一丝英武。

　　他微微笑了笑，眼睛亮亮的，阳光下的他竟然有种春阳融冰的温润感。

　　"你没事吧？"他温和地开口问道。

　　"没事，我没事。"我一下子语无伦次起来，"谢谢。"

　　他冲我点点头，想起什么似的，从口袋里掏出一块薄荷糖递给我："给你，消暑去热很有效。"

　　我怔怔地接过那块薄荷糖，那只是普普通通的一块糖而已，可是我捏在手心里，却像是钻石一样珍贵。

　　心像是要跳出嗓子口，我正寻思着说点儿什么，可是一抬头，他已经跑出去很远了。

决定喜欢他，就是在他的身影被青翠苍劲的树木挡住的刹那。

那之后，我才知道他跟我一个系，教室就在我们班隔壁，有时候上大课，我们还能在一个教室里遇到。

有一次，我兴冲冲地跟他打招呼，也不知他是不是真的没听见，拿起书就走出了教室，教室外等着她的那个女生，就是陈小染。

那次招呼被无视之后，我就开始偷偷地跟着他。一年来，我知道他喜欢吃剁椒鱼头，不喜欢吃糖醋口味的东西，喜欢长发过肩的女生，喜欢穿裙子的女生，喜欢脾气好、气质好的女生。

于是我变得很谨慎，开始留长发、买裙子，天天微笑着，想要用最好的模样去认识他。

虽然我们已经有过两次接触，但显然萧天时已经完全不记得雨伞和薄荷糖的事了。

这样也好，我正好可以趁这段时间变成他喜欢的模样，再重新去认识他。

回到寝室，我躺在床上辗转反侧，怎么也睡不着。

怎么办？

我对着陈浩夸下海口，说明天就和萧天时做朋友，可是这种事情，现在的我真的做不到，我还没有让自己变得像陈小染那么美好！

这个时候，我多希望回到以前，那时的我天不怕地不怕，喜欢一个人，不管自己是什么样子，即使追到天涯海角也敢去尝试。

我明明曾经那么勇敢，为什么到了现在，反而变得这么婆婆妈妈了？

我在心里痛骂了自己一声。

我一遍一遍地在心里默念，想要对自己催眠，可催眠了一整夜，我还是心里发虚。

一大早，我顶着浓浓的熊猫眼，看着镜子里的自己，欲哭无泪。

说好的要用最美的样子去重新认识萧天时呢？

"江琳，走吧，再不走得迟到了。"苏沁喊了我一声。她是我们寝室里跟我处得比较好的一个，我们寝室里四个人，有两个喜欢萧天时，就是我和苏沁。

共同的偶像，总是能让原本陌生的两个人飞快地成为好朋友。

我们两个在一起时的话题，都是围绕着他打转。苏沁跟我一样没胆，只敢私下里想象一下和萧天时牵手的样子，压根儿不敢走到他面前，哪怕只是做一个简单的自我介绍都不敢。

"走！"

我一咬牙，不管了，昨天不过那么一说，陈浩一定也不会当真，我何必去在意这种事情。

我拿着课本，跟着苏沁出了寝室。走到半道上的时候，我姐给我打了一个电话，让我今天务必去医院做个体检。

每个月的十五号她都会打电话提醒我这件事，在她眼里，我就是个脑袋不太灵光的人，虽然我考上了她的母校C大。

"又要去体检？"苏沁见我挂了电话，回头看着我，笑着问了一声，

"要我陪你去吗？"

"你下午不是有社团活动吗？"我们学校，每周三都是社团时间，今天正巧就是星期三。

"对哦。"苏沁想起来，顿时有些抱歉地看着我，很是不好意思，"我给忘了，那你路上注意安全。"

"没问题的。"我信誓旦旦地拍着胸口保证。

"体检？"

忽然一个熟悉的声音从我背后传过来。

我吓了一跳，下意识地回头看了一眼，这一看顿时吓得魂飞魄散。

初晨的暖阳像碎金一样洒下来，他穿着白色衬衫、蓝色牛仔裤，看上去清雅至极，那张无可挑剔的脸上挂着一丝招牌式的温和笑容。

萧天时！

我的心跳又开始不规律了。

"小不点儿，看这里。"有人伸出修长白皙的手在我面前打了一个响指。

我顿时回过神，朝萧天时身边的那个人看过去。

他穿着灰白格子连帽衫，双手插在口袋里，书本随意地夹在臂弯里，一双桃花眼映着朝阳，亮晶晶的。

见我看到他，他顿时笑得更欢了："看到我了吗，小不点儿？"

"我又不是瞎子！"

"天时，你认识这个小不点儿吗？"陈浩笑着扭头看着边上神色从容的萧天时，"我跟你说，她可好玩儿了。"

"哦？"萧天时看到我，目光似乎有些诧异，像是平静的湖面被风吹起了一丝水纹，"她是……"

"小不点儿，你不作一下自我介绍吗？"陈浩冲我挤眉弄眼，像是在说，就是现在，此时不说更待何时！

我觉得我们学校太小了，小到这么轻而易举就能遇见他。

我第一次希望我们学校可以再大一点儿，再大那么一点点儿。

我觉得自己有些矫情，明明平时偷偷摸摸地跟踪他，期待不经意遇见他，可真遇见了，我竟然想当鸵鸟。

我讨厌死这样的自己了！

啊啊啊，我不能这样！

"我是江琳。"

想到这里，我的心情澎湃起来。

三年前，为了那么个看不到我好的家伙，我都能义无反顾地坚持下去，为什么现在的我，不能为了这么好的男生勇敢去拼搏？

而且昨天我在陈浩面前夸下了海口，要是现在食言，连我自己都会瞧不起自己的，而且大概一辈子都找不回追逐爱情的勇气了！

加油，江琳，你可以的！

"你好。"

萧天时很有礼貌地冲我微笑，我从他脸上看不出一丝一毫的不愉快，也看不到什么异样神色。

很好，这说明我至少没给他留下不好的印象。

没有不好，那就是好。

"萧天时，我有话对你说！"

我好像受到了鼓舞，振奋起来。

我看了站在萧天时身边的陈浩一眼，只见他冲我露出十二分鼓励的眼神，双手握成拳，就差给我当后援团高呼"加油"的口号了。

"嗯？"

萧天时稍稍愣了愣，不过很快恢复过来，我似乎从他眼底看到了一丝不耐烦，大概他已经知道我要说什么了。

在我之前，不知道有多少女生想要和他做朋友。

"我喜欢你！"

我用尽全力，用仰望的姿势面对着萧天时，大声将憋在心里一年之久的话吼了出来。

他瞬间怔住了，周围的行人都停住了脚步，集体沉默了。

04

气氛有点儿不对劲啊！

你们见过一群人一起面部抽搐的画面吗？

我扫视一圈，现在，但凡听到我霸气话语的人，全都露出复杂的表

018

情。他们看我的眼神，有的震惊，有的鄙夷，有的完全是在看笑话，有的则是漠然。

随后，我的目光回到萧天时脸上。

在我热切的充满爱的凝视下，萧天时的喉咙上下滑动了一下，露出一个茫然的表情，有些不在状态。

"没听清楚吗？"

将那句话吼出之后，我顿时觉得神清气爽，浑身充满用不完的力量。

一年前在机场被那个眼神伤到的后遗症，在这一刻，在对着萧天时告白之后，瞬间烟消云散了。

"我想，我听清楚了。"萧天时迟疑地开口，他微微皱着眉头，像是在斟酌怎么开口回答我的话。

我顿时觉得我还是有希望的，因为我旁观过很多次那些女生跟萧天时说话的情景，每次萧天时都是和煦地笑笑，然后委婉地、温柔地用最美丽的字眼表示"你们都是好姑娘，我只是暂时不想处朋友，要是想了，一定会好好考虑你们的"。

然后那些女生就用晕乎乎的表情挥别萧天时，同时不忘记表示自己一定会做个安静等待的女子，等着他愿意的一天。

这是第一次，我从他脸上看到犹豫和困惑的表情。

我瞥了站在他身边的陈浩一眼。

我就说，他一定知道我的存在，陈浩昨晚居然还果断回答我那是不可能的。

陈浩被我看得有点儿心虚，用手摸了摸鼻子，索性眼观鼻，鼻观心，不再看我。

于是我继续看着萧天时。

所有人都看着萧天时，大家都很关心他会怎么回答我。

"江同学的话……"他缓缓地开了口，斟酌着字眼，"还真是别致啊。"

"那是必须的，因为我就是个别致的人啊。"

像是一直禁锢着我、压抑着我的枷锁终于消失了，我又找回了一年前那个直接的自己。

这感觉真好，我喜欢这样的自己，而不是这一年来只敢趴在灌木丛里，幽怨地看着他和不同女孩子走在一起的那个我。

"咳咳。"

萧天时呛到了，他猛地咳嗽起来，上下打量了我一下，眼神有些意味深长："嗯，是挺别致的。"

"那你觉得我长得像你朋友吗？我第一眼见你，就觉得你特别像我朋友。"我整理了一下自己的头发，仰着头等着他的回答。

"不要脸！"

人群里，一个女生忍不住喊了这么一声。

这一声让周围自动消音的围观人群回过神来，一时间周遭乱得跟菜市场一样，窃窃私语、嘲笑讽刺的声音混合在一起，"嗡嗡嗡"的，让我脑袋隐隐疼了起来。

"这样，我给你一天的时间考虑吧，晚上我再找你。"

我从口袋里掏出手机，问他："你手机号多少？交换联系方式，方便我们随时联系。"

我一下子换了三个话题，让萧天时一时半会儿没有反应过来。

我看到他的口袋鼓鼓的，是手机的轮廓，于是伸手直接将他的手机掏出来，然后用他的手机拨了一下我的电话，再干脆利落地将我的名字输入进去，最后将手机重新塞回他的口袋里。

这一连串动作，可谓是一气呵成。

"走吧，苏沁，上课去。"

我拉着一旁接近石化的苏沁，拨开围观人群，往前走了几步，然后回头看了一眼萧天时，他还错愕地愣在那里，就像电脑死机了一样。

哎哟，他太可爱了。

"喂，江琳。"苏沁扯了扯我的手臂，艰难地吞了一口口水，说，"你现在的表情太狰狞了。"

"有吗？"

我连忙掏出小镜子，镜子里的我，小小的脸上，除了一双眼睛大大的，其余都小小的。

而我大大的眼睛里，眸子晶亮，像灌进去新酿的蜂蜜，甜腻得快能挤出水来了。

"明明是爱啊！"我将镜子塞回口袋里，拖着苏沁，大步朝教室走去。

哦，忘了这节课是大课，萧天时要和我一起上课啊！

我在我平常最爱坐的那个座位上坐下，这个座位方便我偷窥他，无论他坐在哪里，从我这个角度都能看到。

我坐下之后，教室里的气氛显得有点儿诡异。教室里的人，明明就在偷偷看我，可当我看回去的时候，他们又假装在看窗外风景，简直假得不能再假。

我索性不去理会那些目光，只看着教室门口，等着萧天时走进教室。

他来得有点儿晚，足足等到快上课，萧天时和陈浩才在几个人的簇拥下，匆匆忙忙地走进了教室。

他的神色仍旧淡然宁静，像是泰山崩于前都不乱，但不知道是不是我的错觉，他走进教室的时候，视线似有若无地从我脸上扫过，并且还停顿了一秒钟。

我赶紧冲他了挥了挥手，增加存在感。

可萧天时像我第一次跟他打招呼一样，四两拨千斤，风轻云淡地挪开了视线，快得就像他压根儿没朝我看过来一样。

倒是陈浩，很愉快地冲我挥挥手，还对我竖起了大拇指，就像在说，江琳同学，你好样的，干得好！

我欣慰地看着他。

看来现在理解我的只有陈浩了。

我顿时有些扼腕，我怎么没早点儿认识陈浩呢？

假如早点儿认识他，也许我就能在更早的时候跟萧天时做朋友了。那样，我早就成了幸运女神了。

假如不是他昨晚激得我夸下海口，假如不是他今天的助攻，估计我还沉浸在旧时的打击里，自怨自艾，只敢跟踪、偷窥、暗恋呢。

陈浩，你就是那明灯，就是那领路人啊！

感受到我炙热的目光，陈浩对我比了一个"V"字手势。

萧天时默默无语地找了一个空座位坐下，打定主意假装不认识陈浩。

陈浩回过神才发现，大教室里的人全都注视着他，他竟然十分潇洒地甩了甩头，全然没有一丝尴尬和拘谨。

所有人都惊呆了。

在所有人惊呆的目光中，陈浩一步一步地朝我这边走来，最后在我边上的空位上坐下。

我的视线一路跟着他。

他扭头看着我，冲我眨了眨眼睛，用口形对我说了三个字："好样的！"

我冲他点头，握拳，说："陈浩，从今天起，你就是我姐妹儿，亲的！"

他白皙的俊脸顿时涨成深沉的红木色，好一会儿才稳定了情绪，眼神幽怨地看着我说："你哪点像我姐妹儿了。"

05

这一节课，我的眼睛就没从萧天时身上挪开过。用苏沁的形容词就是，跟粘了502胶水一样，湿湿地黏在萧天时身上了。

不过他的气质就是好啊，怎么都看不厌。

"啪。"

一个小小的便签本被丢到了我面前。

我扭头，陈浩贼兮兮地冲我挤眉弄眼，那张俊脸显得无比搞笑。

他指了指我桌上的便签本，示意我打开看看。

我翻开便签本，第一张上面是蓝黑色签字笔写的字，这家伙的字很漂亮，一撇一捺极具美感，他问我下午有社团活动，要不要去登山社玩玩。

我顿时激动起来，偏头对他用力点头。

他凑过头来，在我耳边小声嘀咕："你这么喜欢萧天时，怎么不加入登山社？"

一提起这个我就泄气。

作为萧天时的忠实追随者，我当然十分想加入登山社。去年开学不久，在得知萧天时加入了登山社之后，我当时就递交了申请书，可惜被无情地驳回了，理由是我的体型不适合登山社。

看到我的表情，陈浩了然地点点头，然后叹了一口气，语重心长地说："一次不行两次啊，你看看人家陈小染，早就混入登山社，而且现在还是登山社负责招收新人的社团干部呢。"

啊！陈小染可是我的头号敌人，只要她是招新干部，我就是试上一百次一千次，也不可能加入登山社，因为她会在第一关就把我卡死的。

我蔫了，像霜打的茄子一样趴在桌上，用幽怨的眼神盯着陈浩。

他被我盯得浑身不自在，嘴角抽了抽，打着哈哈说："说不定，她就这么让你进去了呢。"

一点儿不可能，换成是我，肯定会把对萧天时有企图的潜在敌人统统封杀，陈小染肯让我进登山社，天上绝对会下红雨的。

说不定，她听说了我想和萧天时做朋友的事情，还会跑来警告我离他远一点儿呢。

怀着万分复杂的心情，终于熬到了下课。

老师才走出教室，一群女生就簇拥着一个人冲进了大教室，将我的座位围得水泄不通。

被簇拥在最前面的是陈小染，她良好的家教和修养让她从始至终一直保持着微笑，那微笑很动人。

来得太快了吧！

我目瞪口呆地看着陈小染。

怪不得人家能成为最靠近萧天时的人，这速度、这觉悟，想不成功都难。

"听说你叫江琳。"

她的声音很好听，像黄鹂鸟一样，脆生生的。

她冲我递过一只手来，很真诚地看着我说："找你没别的事，只是想问你，有没有兴趣加入我们登山社？"

"有！"

我立马激动了，想也不想就伸出双手握住了她的手。

我觉得自己简直太不应该了，刚刚居然怀着最大的恶意揣测她。我为自己的肤浅感到自卑，看看人家，多高风亮节。

"那你下午来登山社填下申请表吧。"她似笑非笑地看着我，不动声色地打量了我一番，跟着她的表情就更和善了，看样子，她压根儿就没将我当成威胁。

也许她是听说了早上我对萧天时告白，萧天时没有立马拒绝我这件事，一时没忍住，找我来了，却在看到我哪里都比不上她之后，就将我从假想敌的名单里剔除了。

"我一定到。"我笑嘻嘻地说。

苏沁在一旁拉了拉我，欲言又止地看着我。

她的眼神让我一下子想起来，我下去要去医院体检，可是我每个月都体检，一次不去没关系。

能和萧天时进入同一个社团，只有今天下午这一个机会啊，我当然不能错过。

"那么，打扰了。"

她涵养很好地跟我微笑道别，离开教室前，还拐着弯去萧天时那里，弯腰跟他说了几句话。

　　我离得有点儿远，只看到他神色宛如春阳照耀着百花，映得陈小染的脸上都是笑意。

　　也不知道在说些什么？

　　我在心里嘀咕。

　　"真的没关系吗？"苏沁忍不住问我。

　　"小不点儿，早上还听你说今天要去体检，不去没事吗？还有，你身体不好吗？"陈浩趴到我桌上，凑近我问，"登山社可是不收病号的。"

　　"你才是病号！"我瞪圆了眼睛怒视他，"我身体好得很，只不过我从小到大都是每月一体检，有问题吗？"

　　"一般不都是一年体检一次吗？"陈浩困惑不解，用看外星人般的眼神看着我，"还是你的身体结构与正常人不一样？"

　　"有什么不一样？你别胡说八道。"

　　"当然有不一样，你看你的个子就跟大家不一样。"

　　他笑得眼睛都眯了起来，一双桃花眼里，蕴满晶亮的光芒，盯得久了，会有种眩晕感。

　　"你这是在嘲笑我的身高！"他一下子戳中了我的痛处，我顿时跳起来，怒道，"你懂什么，浓缩的都是精华！小个子天塌下来都不用怕，因为你们这些高个儿一定会顶着！"

　　"哈哈哈，话题扯远了啊！"他见我怒不可抑，连忙转移话题，只是眼角唇边还有一丝促狭的笑意，怎么忍也忍不住，怎么藏都藏不了，"说

你加入登山社的事。"

"我要加入登山社！"我再次表明自己的决心。

"全世界都知道你想加入登山社。"他瞥了我一眼，笑着说，"不过你不觉得奇怪吗？"

"什么？"我好奇地问道。

"陈小染喜欢天时，全世界都知道，她肯定知道你早上的'丰功伟绩'了，她为什么会主动来邀请你加入登山社，你有没有想过她这么做的意图？"

陈浩说完，就饶有兴致地看着我，像是在等着看我会做出什么样的回答。

我耸耸肩："那又怎么样？"

"你不怕她使坏啊？"他挑了挑眉，笑得像只老狐狸一样，让人忍不住想使劲掐他一把。

我脑筋有些转不过弯来："那她完全没必要来让我加入社团啊！不过，你说的也有道理，她是我的头号情敌，怎么可能让我更加有接近萧天时的机会呢？"

"就是这个问题。"

他有些同情我，要不是他的笑容里多了那么一点儿幸灾乐祸的意思在里面的话。

"不想那么多，管她为什么，我先加入再说。我做事一向有始有终。"我将自己的胸脯拍得啪啪作响，"所以一旦开始就绝对不会停下来，除非我自己想放弃。我会让她明白，什么叫引狼入室的。"

"那你什么时候会想放弃？"

陈浩下意识地追问了我一声，"啪"的一声，他抓在手里的签字笔被他不自觉地掰成了两截。

"萧天时结婚，或者我认为他没资格再让我追下去的时候。"

我说完，扭头朝萧天时看去。

他趴在桌子上，被一排排座位隔开，我只能看到他细碎的发丝遮住他露在臂弯外的白皙侧脸。

"女孩子应该矜持一点儿吧。"陈浩像是有些后悔昨天晚上激我对萧天时告白，迟疑地说，"这么辛苦追来的爱情，你怎么就能确定，对方是真的因为喜欢你而跟你在一起，还是因为被你纠缠得受不了，或者看你可怜，同情你才接受你的？"

"那重要吗？"我耸耸肩，皱眉说，"想那么多干吗？累不累啊？因为喜欢得不得了，才会忍不住去追逐啊！不管对方怎样，至少我会觉得快乐，只要快乐不就行了？我没那么多花花肠子，只知道喜欢就会不由自主地去追逐这种最简单的道理。"

我感觉一般人是无法理解我的。

我压抑了一年时间，让自己当个普通人，用普通人会用的那些方式喜欢一个人，可是那种感觉压抑得我难受，我都变得不像我自己了。

喜欢就去追，青春本就该放肆，哪怕撞得头破血流，哪怕到了黄河，只要有条船，我划也要划到对岸去！

我还是喜欢这样的自己。

当初跑去国外的、不懂得我的好的家伙，我凭什么为了他磨掉自己的

勇气？

没勇气是多么可怕的一件事情。

懦弱，胆小，害怕，我才不要因为那种家伙变成这副模样。

星 星 与 烟 花 02 第二章
CHAPTER

ARE BLOOMING AS ME

你问我，为什么要对着星星许愿，明明月亮那么明亮。我笑着告诉你，因为月亮太耀眼，只会庇佑那些得到幸福的姑娘。星星那么多，我对着其中一颗许愿，就不会有人跟我抢。

01

十月的C大，一场盛大的诀别从树梢悄然而至，大片大片的法国梧桐叶子从枝头掉落，树身细碎的绒毛漫天飞舞，看上去就像是在下雪一样。

我连续打了好几个喷嚏，揉了揉发红的鼻子，没办法，我对这种绒毛过敏。每年秋天梧桐落叶，对我来说都是一种灾难。

好在我过敏不严重，只是会不停打喷嚏，否则到这个时节，我都得躲在家里不能出门。

"你这是感冒了？昨天晚上在草丛蹲着，着凉了？"陈浩惊讶的声音从我身后传来，他从口袋里拿出一张纸巾递给我，清朗的眉目里掩藏不住讪讪的笑意，"现在知道了，窥探萧天时是要付出代价的吧？"

"我心甘情愿。"我白了他一眼。

"走吧，去登山社。"陈浩伸手拍了拍我的头顶。

我恼怒地拍掉他的手，怒目瞪他。

我这个人最讨厌人家摸我头，尤其是比我高的人。

陈浩笑笑，领着我拐上一条小道。

我一路打着喷嚏，陈浩终于忍不住说："你要不要去看看医生？"

"这是过敏。"我用纸巾擦了擦鼻子，同时挥了挥半空中飞舞过来的飞絮，"没事的，你走快点儿，走过这一段路就好了。"

"好。"陈浩眼神蒙上一层困惑，他张了张嘴，像是想问我什么，最后却什么都没说，只是脚步跨得大了些。

我几乎奔跑起来才能追上他急促的步子。

走完这段法国梧桐掩映的道路，拐个弯，不用走太远，就可以看到被翠竹挡在后面的登山社活动教室了。

C大占地面积非常大，这在之前我就说过，大概是因为太大了，学校将每个社团都安排在不同的地方，像登山社，就在学校东北角的竹林里。

我总觉得这个地方比较适合琴棋书画一类的文艺社团，因为这里青竹翠翠、小风清扫的意境，连我这个语文不太好的人，都想对着落叶吟上一首诗。

陈浩带着我径直走到登山社活动教室门口，长臂一伸，将紧闭的教室门推开了。

稀稀疏疏的日光从竹叶缝隙照进来，在教室里划出支离破碎的阴影。

这就是登山社，就是萧天时所在的地方。我无数次想象他挥汗如雨地背着行囊，翻越一座又一座高山，多想变成一块柔软的毛巾，擦去他额头的汗水……

"堵在门口做什么？"一个有些冷的声音忽地传入我的耳中，打乱我的胡思乱想。

声音是从我身后传来的，我下意识地回头看了一眼，站在我身后的是个短发女生，她有一张很中性的脸，若不是她刚刚开口说话，我都无法辨别她是男生还是女生。

因为若是女生，她漂亮的五官多了几分英气；若是男生，眉眼未免太过阴柔了些。

她穿着一件格子衬衫，牛仔裤下是一双运动鞋，看上去干净爽利，是个非常帅气的女生。只是这个帅气的女生，一双细致的丹凤眼里闪着冰冷的略带敌意的目光。

"走开！"

她见我看着她发愣，眉头皱了起来，一把将我推开，冷冷瞥了我一眼，扭头就进了教室。

我愣了一下，这个女生怎么好像很讨厌我，可是我不记得自己得罪过这个女生。

"进来啊。"陈浩伸手拉了我一把，将发愣的我拽进了教室。

那个女生猛地朝我投来一个刀子似的眼神，要是眼神可以杀死人，估计我已经被她凌迟了。

陈浩把我拽进了教室。

等我站到教室中间，这才发现这间大教室被分成了三个部分，最里面被从屋顶垂下的布幔遮挡住，半开的帷幕间，可以看见那边是休息区，有喝茶用的小沙发和茶儿，其他的挡在布幔后面，我看不到。

中间一部分，堆着一些登山用具。

最外面这边，放着几张桌椅，此时外间稀稀拉拉坐了三四个人，清一色全是男生。

唯一的女生，就是刚刚进来的那个短发女生。她找了个空位坐下，然后抬起修长的腿，丝毫不顾忌自己是女生，将双腿跷在了桌子上，后背倚在椅背上，看上去宛如一个帅气的少年，随意且放肆。

"喂。"我轻轻扯了扯陈浩的手臂，用眼神示意了一下那边那个女生，"她是谁啊？好凶的样子。"

"你说宋颜啊。"陈浩回头看了一眼，顿时笑了起来，眉目里宛如镶满碎金流光，"你喜欢天时，竟然会不认识宋颜？"

"为什么喜欢天时就要认识宋颜？"我不解地看着他，因为我跟踪萧天时一年多，从未见过宋颜跟萧天时在一起过啊。

"因为宋颜是天时的青梅竹马，他们是最好的哥们儿。"陈浩弯腰凑近我耳边轻声说。

青梅竹马！

我吃了一惊，作为萧天时的绝对拥护者，我竟然不知道他还有个青梅竹马！

"你是说好哥们儿？"我狐疑地偷偷看了宋颜一眼，虽然她长得的确帅气极了，可是我却有种要命的直觉，那就是宋颜绝对不可能只是萧天时的哥们儿。

我现在有些明白，为什么她看我的目光会带着利刃了。

"对啊。"陈浩眨了眨眼睛，好笑地看着我，"太奇怪了，你竟然不知道？我以为关于天时的事情，你全部都知道呢。"

"你们还要在这里当多久的门神？"突然，一个熟悉的稍显疏离淡漠的声音从背后传来。

是不是登山社的人都喜欢在别人背后说话啊？

我连忙侧过身，让开一条道。

进来的人是萧天时。他换了一身运动衫，修长的双腿套在略嫌松垮的运动裤里面，却帅气极了。

我抬起头盯着他，他的视线若有似无地从我脸上扫过，没有停留哪怕一秒钟。跟着他冲着宋颜的方向，露出一个淡淡的微笑，轻轻点了下头，当是打招呼。

果然是哥们儿吧。

我心里想。

"走吧，找个空位坐下来，等会儿陈小染来了，你找她填下表格。"陈浩推了我一下，然后在靠窗的那个空位上坐下来。

我跑过去，直接在萧天时后面的位子上坐下来。

坐下来的一瞬间，我感觉到了来自于四面八方的目光。

虽然教室里的人好像十分专注地在看风景，但是我能感觉到他们其实偷偷在用眼睛的余光打量我。

这些目光，有的只是好奇，并不带一丝一毫恶意，但是有两道目光，是赤裸裸地带着敌意的。

一道来自于宋颜，还有一道是从教室门口射过来的。

我迎着那道目光看过去，只见陈小染正站在门口，见我看向她，便露出了一个甜美的笑容，好像她很欢迎我来这里一样，而我刚刚感觉到她用充满敌意的目光看着我，不过是种错觉。

真的是错觉吗？

我盯着她的眼睛，大概不是错觉吧。

"江同学真的来了啊。"陈小染走进来，没有先看向萧天时，反而朝我走来，"既然来了，就跟我来吧。"

"你那么真诚地邀请我加入登山社，我怎么可以不来呀。"我笑着看着她，她现在还不是萧天时的朋友，再靠近，萧天时不点头，她也不能以朋友的身份自居。

"哼。"她用低不可闻的声音轻轻"哼"了一声，然后转身朝里面走去。

我站起来跟她往里走，穿过中间用来堆放登山用具的隔间，一直走到最里面被帷幕挡住的休息区。

02

我这才发现，这里不只是有喝茶的茶几和沙发，还有一个小小的吧台，上面放着咖啡机和一些调酒用的东西。

"想喝点儿什么？"她将帷幕全部拉上，将休息区与其他区域彻底隔开。

"牛奶就可以。"我耸耸肩，在沙发上坐下。

她笑了笑，笑容里带着一丝鄙夷，好像我要喝牛奶，是什么值得鄙视的事情。

她给自己煮了一杯咖啡，递给我一杯牛奶，然后在我对面的沙发上坐下。她的坐姿很优雅，像是每个动作都精心计算过，知道怎样可以让她的气质发挥到极致。

"江同学为什么想加入登山社呢？"她抿了一口咖啡，略带微笑地看着我，若不是她眼底没有一丝笑意，大概我会觉得她是个很友善的人。至少，她不是个对对手友善的人。

"因为萧天时在这里。"我这个人比较直，有什么就说什么，"我想你应该知道。"

她轻轻点了点头，神色终于冷了下来，在别人看不见的地方，她似乎并不打算伪装善意："你是不是想知道，我为什么会跑去找你，让你加入登山社？"

"是有点儿好奇。"我承认。

"我想让你看到你和天时的差距，然后自己放弃。"她淡淡地说。

"那么多女生都喜欢萧天时，为什么你只找我？"我不觉得她对我说
了真话，让我加入登山社，然后自己放弃，这个理由太过牵强。

果然，她的脸色略微变了变，目光闪烁了一下，不过她没有失态，而
是笑了笑说："因为只有你最没有可能啊，其他敢对天时告白的女生，哪
一个都足够优秀，而你……"

她笑得有些意味深长。

我一下子就被激怒了，说："我也很优秀的！"

"如果是身高这方面……"她上下打量了我一下，嘴角带着掩饰不住
的嘲讽之意，"那的确很优秀，我想天时对你这一类的女生不会太感兴
趣。"

"你懂什么！"我彻底怒了，"别以为你有多了解萧天时，也别以他
的立场来跟我说话好吗？你不过跟我一样，也是爱慕他的人，其中之一而
已。"

"其中之一？"她的脸色终于冷了下来，像结了一层寒冰似的，有些
吓人，"江琳，你是不是没搞清楚状况？不要把我跟你们混为一谈！我和
天时从小就认识，我、天时，还有宋颜，我们三个人是一起长大的。"

我脑中"轰隆"一声，被这个信息炸得一片空白。

宋颜和萧天时是青梅竹马这个消息已经够让我吃惊了，陈小染竟然也

是和他们一起长大的！

我觉得我需要缓口气。

"真好笑，你对天时什么都不了解，竟然也敢冲上去对他告白。江琳，我劝你趁早放弃，从这间休息室的后门可以走出登山社。"她站起来，不打算继续应付我。

"谁要放弃啊！"我冲她大声说，"青梅竹马又怎么样？你少拿青梅竹马来吓唬我。而且你们在一起这么多年，都没有能够变成朋友，说明他根本不喜欢你。我才不会被你吓到，我有的是机会。你等着，我一定会成为萧天时的朋友的！"

陈小染的脸色变得很难看，一阵红一阵白，也不知道是被我哪句话刺激的，她的脸色阴沉得吓人，好一会儿才咬牙切齿地说："好，就顺你的意，我让你加入登山社，让你感受一下你和天时还有我的差距，到时候你像个小女孩一样哭鼻子，可没人会可怜你。"

"我才不会哭鼻子。"我这人最大的优点，就是抗打击能力强，无论什么样的打击，尽管来吧！

"我江琳现在就跟你打个赌，你还别不信。"我盯着她的眼睛说，"假如我哭了，我就自动离开登山社，并且永远不会再追萧天时！"

"这可是你说的。"她得意地笑起来，像是她已经胜利了一样，"假如你哭了，那么就自动离开，永远不许再出现在萧天时面前。"

"好！"我豁出去了，不管怎样，我都不想在陈小染面前失去属于我的那份气势。

　　跟她比起来，我大概也只有这种小强一样耐打击能够有点儿优势了。

　　她抓着一张报名表递给我，我随便填了一下，看到有无病史那一栏，忽然想起今天要去体检的事情。体检的事情或许可以不着急，不过身体状况这一栏，我却不知道该怎么填了。

　　要是照实填，我是不能加入登山社的，虽然我的身体没有出过什么大毛病，但是我爸妈还有我姐，一直都不让我做剧烈的运动。

　　不过为了萧天时，拼了！

　　我在健康那一栏，填上了"良好"两个字。

　　陈小染接过我填好的申请表，随便扫了一眼就填上了"同意入部"的意见。

　　"记住你今天说过的话。"她说。

　　"我记得。"我站起来，拉开帷幕往外走，然而才走了一步就碰壁了。原来帷幕后面，还有一堵墙。奇怪，这里怎么会有一堵墙？

　　陈小染瞥了我一眼，伸手在墙上按了一个按钮，那堵墙就缓缓升了上去。她淡淡地说："我不认为我们的谈话适合让天时听到。"

　　我的注意力都被这堵能够移动的墙吸引过去了，啧啧，登山社竟然还有这么高端的装置啊！陈小染是什么时候将这堵墙放下来的？

　　怪不得她敢跟我说那些话，原来她笃定这些话只有我们两个人听到，早知道我就多放几句狠话了。

　　走到最外间，陈小染加快步伐走到我前面，然后对着活动教室里登山社的成员说："江琳同学今天正式加入我们登山社，大家欢迎。"

"啪啪啪。"热烈的掌声响起来。

我扫视了一眼,坐在下面的人,多半是在幸灾乐祸等着看热闹呢。

宋颜双手缓缓地拍着,面无表情地看着我。陈浩拍手拍得最卖力,他甚至还冲我抛了一个飞吻。我连忙挪开视线,望向萧天时。

他低着头,不知道在忙什么,好像身边的热闹都与他无关,他与我们不是处于同一纬度似的。

我走过去,双手按在他面前的桌面上,大声说:"萧天时,你怎么不拍手欢迎我?"

周围一下子安静下来,萧天时没有抬头,只是用清冷的声音说:"欢迎一定要拍手吗?"

"对啊。"我点点头说。

他终于抬起头来,皱眉看着我,良久才吐出两个字:"幼稚。"

呃,好吧,我承认这种欢迎方式有点儿像小学生。

"但是连小学生都知道用这种方式表示欢迎……"看着萧天时越来越冷的表情,我的声音也越来越小,最后把原本想说的话吞了回去。

03

不管过程怎么样,我最终加入了登山社,离萧天时又近了一点儿,我的心情很愉悦。

　　我本来打算在登山社玩一下午，和萧天时套套近乎，顺便问问他，我早上对他的告白，他打算怎么回复我。

　　然而屁股还没坐热，来自我姐姐的无敌追命连环电话就来了，我按掉一次，她就再打一次，大有我不接电话，她就一直打下去的架势。

　　我当然也可以选择关机，我干过这事儿，只是直接后果是我姐乘坐了最近一班高铁，气势汹汹地杀到了学校，把我从寝室拽了出来。

　　从那之后，我打死都不敢关机，把我姐逼急了，她什么事儿都干得出来的。

　　无奈，我只好握着手机走出登山社接听电话。我姐在电话里近乎咆哮地先把我教训了三十分钟，然后她让我今天一定要去体检，不然她就把我带回家，大学也别念了。

　　我深信我姐做得出这种事情，虽然我不明白只是一个体检而已，为什么她每次都搞得如此兴师动众。

　　不管为了什么，处于劣势的我，不得不放弃这个可以和萧天时培养感情的机会，乖乖坐上公交车去医院体检。

　　C城第一医院，是我体检的地方。在家的时候，我是在老家的人民医院体检的。到C大念书之后，就换到了这家医院。

　　这家医院负责带我体检的人，是我姐姐的大学同学，我们大学有医学院这个分部，听说这个叫于皎的医生，曾经还追过我姐呢。

　　我记得第一次，我姐带我到这家医院，将我交到于皎手上的时候，十分严肃地对于皎说："我妹可就交给你了，她在这里四年，都麻烦你照顾

了。你放心，一毕业我就会把她接回家，到时候就不必麻烦你了。"

"我不觉得这是麻烦。"于皎微笑着看着我姐。

我可以从他眼睛里看到隐藏着的爱意，时隔八年，于医生还是爱着我姐姐的。

我刚刚走进医院大厅，于医生的声音就传了过来，他用不高不低的声音招呼了我一声："在这里，江琳。"

我抬头看过去，他穿着一身白大褂，脖子上挂着听诊器，一副细框眼镜将他儒雅清逸的气质衬托得越发出尘。

这是个很温柔很雅致的男人，我在心里叹了一口气。这一年来，于医生算是非常照顾我的，几乎将我当成他的亲妹妹一样对待。

这么好的男人，我姐怎么就不要呢？

我走过去，于医生伸手摸了摸我的头，我很想拍掉，但他已经把手拿开了。他说："刚刚你姐给我打电话了。走吧，我们去体检。"

"好的。"我点点头。时间已经不早了，我平常都是吃过午饭就来，一直要到晚上六七点钟才能完成全部检查。今天恐怕要非常晚才能回去了。

检查的过程非常枯燥并且无聊，从一台机器躺到另一台机器下面，等到全部检查都完成，我已经很困很困，就差没在检查仪下面睡着了。

"好了，我送你回学校吧。"于医生揉了揉疲惫的眼睛，将检查单子合起来，"这么晚了，你一个人回去我不太放心。"

"不用了吧，我一个人可以的。"我看了下时间，现在已经晚上九点多了，"回学校的公交车还有，在医院门口就可以坐，终点站就是我们学校，没事的。"

"那……你一个人小心一点儿。"他没有坚持，叮嘱我一定要小心，有什么事情打电话给他就好，另外要是身体不舒服了，也来找他。

我回答了好多次"好的"，才终于出了他的办公室。合上门的瞬间，我看到他低下头看着我的检查单子，不知道是不是光与影交织出来的错觉，我觉得他隐藏在刘海儿下的眼神有些深沉。

从医院出来，我的肚子"咕噜"叫了一声。到现在还没吃晚饭，真是饿得不轻了。

现在回寝室，要么吃泡面，要么啃面包，食堂是肯定没饭吃了。要么在这边转转，吃了晚饭再回去？我纠结了一下，最终从路边买了个煎饼果子上了公交车。

这个时间段公交车还是挺挤的，因为公交车会经过好几个学校，很多出来逛街的学生要赶回学校。

我挤上车，夹在人群中间，根本没办法吃东西，只好等到车上人少一点儿，或者等到站了再吃。

我被后面上来的人推着往后走，一个趔趄直接扑到了后门处，我眼疾手快地抓住扶手，这才停止了继续往前扑倒的趋势。

但是抓在手里的煎饼果子却没能幸免，伴随着尖叫声，煎饼果子在众人头顶上画出了一个完美的抛物线，笔直朝最后一排的乘客砸了过去。

我的心提到了嗓子眼。

就在煎饼果子要砸到人的一瞬间，一只修长白皙的手干脆利落地接住了它。

全车人都跟着松了一口气。

"我的煎饼果子！"松了一口气的同时，这句话不受控制地从我嘴里冒了出来，我感觉到全车人的视线一瞬间聚集到了我的身上。

这一瞬间我真想拍死我自己，不说话没人知道那是我的煎饼果子啊。

"哼。"一个稍冷的声音从最后排传了过来。

我愣了一下，后排接住我煎饼果子的人已经站了起来，并且缓缓地分开围观人群朝我走了过来。

怎么是她！

我怔住了，眼前这个穿着衬衫、牛仔裤、短发、戴耳钉的女生，是宋颜啊。

"拿好了。"她将煎饼果子塞到我手里，然后冷冰冰地盯着我看了一会儿，最后嘴角露出讥讽的笑意，转过身抓着扶手，站在了我身边。

"谢谢。"我道了声谢，将煎饼果子抓在手里，双手死死抱着公交车后门处的那根竖着的柱子。

没办法，我这身高，上了公交车，要么坐下，要么只能抱着这根柱子，上面悬着的那两排扶手，对我来说太高了。

"这么矮。"宋颜低头斜眼看着我，"啧啧"两声，表情像在看一个无药可救的人一样。

我努力挺了挺胸，不服气地看着她。

"扑哧。"见我故意挺胸，宋颜一时间没绷住，笑了出来。

她这一笑，像是南极雪山在一刹那被炙热的太阳消融一样，耀眼的冰凌折出来的白光闪花了人眼。我像个花痴一样，呆呆地看着宋颜的脸。

一个女生，怎么会兼具帅气与漂亮两种气质呢？

她不笑的时候，像个英武的小王子；她笑起来，又像是漫画里走下来的漂亮的女主角。

"你看什么！"她有些懊恼，许是被我看得有些不自在。

"你真好看。"我说了一句大实话。

站在我身边的人，不分男女，都一同点了点头，显然很认同我的眼光。

"喂！"她瞪了我一眼，"你有病啊，说这种话。"

"可这是事实啊。"我完全不觉得我说错话了，"我喜欢有话直说，好看就说好看。"

"所以你跟天时告白，也是因为有话直说？像现在一样，心血来潮，临时起意？"她冷不丁地将话题转移到了别的地方。

04

我没有回答她的问题。我大可以反驳她，我对萧天时的喜欢，绝对不是心血来潮，我还可以告诉她，我已经默默跟在他身后一年多了，但最

后，我一下子泄了气。

我可以理直气壮地跟很多人说这些，但是唯独宋颜，我不能。

因为我的一年时光，在她面前是多么脆弱、多么可笑的短暂。

她和萧天时是一起长大的，虽然陈浩告诉我，她跟萧天时是哥们儿，但是下午她看我的眼神，那充满敌意的冷漠，让我觉得这个哥们儿的定义，似乎是错误的。

要么是陈浩没有告诉我实话，要么是她在伪装出这种哥们儿的关系。

有句话说得很对，牙疼和爱情是无法伪装的，明明那么明显，一眼就看出来了啊。

宋颜是喜欢萧天时的，甚至可能比陈小染还要喜欢。

所以我没有办法说出那些话，哪怕此时我如鲠在喉，难受得厉害。

一路上，我脑子里乱糟糟的，直到下车我都没有开口。宋颜跟着我下了车，我拿着煎饼果子边走边啃，虽然心里不是滋味，但是肚子还是要填饱的。

"喂。"当我一只脚踏入学校大门时，宋颜冷冷地喊住了我，"你给我站住！"

"啊？"我不解地回头看她，不知道她为什么要喊住我。

"你还没有回答我的问题。"她有些懊恼，眼神有些焦躁，"无视别人的问题，这未免太无礼了一些吧。而且我可是天时最好的朋友，无话不谈的哥们儿，你不跟我打好关系，真的好吗？你真的喜欢天时吗？"

我低头看了一半手里的煎饼果子，然后从包里找出一个空的方便袋，将煎饼果子掰成两半，递给她一半。

她狐疑地看着我，完全不知道我要干什么。

"吃吧。"我很大方地说，"你是要我这样，贿赂你，然后从你那儿得到有关萧天时的消息吗？"

我见她一直不接，索性将煎饼果子塞进她怀里，然后掏出手机对她摇了摇："不用麻烦你，我有他的电话，想知道什么，想做什么，我会直接找他本人，不会麻烦你。"

她怔怔地望着我，觉得很不可思议，看我像看个傻瓜："为什么？其他女生都会这么做。"

"不为什么。"我耸耸肩，继续啃煎饼果子，"我只是觉得那样是在伤害你，那对你太不公平了，也对萧天时不公平。"

"不公平？"宋颜紧紧皱起了眉头，似乎非常困扰，眼底带着一片茫然，"为什么这么说？"

"我说不出那些道理，我只知道，想要什么，自己去争取，依靠别人，就算成功了，也让人不齿。"我冲她挥了挥手，"我回去了，你也快回寝室吧，这么晚了，一个女孩子不安全。"

她目光闪了闪，没有说话，但没有再喊我。

我继续啃我的煎饼果子，就这么一路啃到寝室大门口，终于啃完了。将空掉的方便袋丢入垃圾桶，我用纸巾擦了擦满手的油。

姐姐的电话，是在我正好擦完手擦完嘴的时候打来的。我接起来，她声音有些奇怪，平常她打电话给我，都是凶巴巴的。

当然这通电话依旧是凶巴巴的，只不过声音听上去嗡嗡的，有些沙哑，像是感冒了，带着点儿鼻音。

"刚刚于皎打过电话给我，说你身体没什么问题。记住了，不许做剧烈的运动，别到处蹦跶，有时间多看看书。下个月准时去体检，别再让我打那么多电话骂你。"像倒豆子似的，她一股脑儿跟我说了一大堆。

我只觉得脑海中"嗡嗡嗡"的，听着听着，我就将她的声音当成了背景音乐。

好不容易挂掉了电话，不知怎的，我蓦地松了一口气，在寝室外面的长凳上坐下，仰起头看着天空圆圆的月亮。

皎洁的白光铺满大地，月亮总不会吝啬她的柔软。

"砰——"

安静的夜晚，忽然传来一声爆裂声。

天空中，遽然炸开一团烟花，美得不可思议。

瞬间，我一个冲动，拿起手机就拨通了萧天时的电话。我说："快，快开窗户，看天空，有烟花！"

"你是谁？"电话那头的人声音有些冷，带着困惑，带着茫然，带着一丝探究，"你怎么有我的电话号码？"

"别管我是谁，你看窗外啊。"我仰着头，看着半空中盛放如花海的烟火，"好漂亮的烟花，对不对？"

"你等下。"电话里传来窸窸窣窣的声音，跟着是踢踢踏踏的脚步声。我仔细听着，电话里蓦地传来一个熟悉的嬉笑声："哇，真的有烟花。哈哈，天时，谁给你打的电话？"

"不认识。"萧天时的声音稍稍温柔了点，和认识的熟悉的人，他总显得那么温润，在不喜欢的或者陌生人面前，总是这么疏离淡漠。

我不是在他的手机里存了我的名字和电话号码吗？

不知道为什么，心里浮上一丝小小的失落。

既然这样，那么在那场大雨里，他为什么要那么温柔体贴地将伞举到我头顶，哪怕自己湿透了也没关系？

既然这样，为什么军训的时候，要用那么温柔的语调问我有没有关系，然后将一颗糖放进我的手里？

明明那时候，他的声音，不这么疏离冷漠。

为什么要在黑暗中找到狼狈无助的我？

为什么要给我撑起那顶黑白格子伞？

为什么要让光影晕开他水墨一样俊秀的容颜？

为什么要让我的心跳怎么都无法慢下来？

"一定又是暗恋你的女生吧。"电话那头传来陈浩大大咧咧的声音，也不知他是不是故意用这么大的声音，说给电话这头的我听，"天时，你也别这么冷漠嘛，说不定是个大美女呢！"

"我是江琳！"我深吸一口气，大声对着电话说，"萧天时，你给我记住，我是江琳。我明明把自己的号码存在你手机里了，你是不是删掉了？我跟你说，你记好了，这是江琳的电话号码，下次打电话给你，不要再问我是谁！"

我一口气说完，在他之前挂断了电话。我坐在长凳上喘着气，刚刚那段话几乎用尽了我全部力气。

天知道我是多么大声地吼出那些话的。

"你是要喊到全世界都知道你是江琳吗？"宋颜的声音在我背后传来。

唉，登山社的成员是有多喜欢在别人背后说话啊！

"那又有什么关系？"我毫不介意，"我巴不得全世界都知道我喜欢萧天时，喜欢不需要藏着掖着。"

她的脸色变得有点儿奇怪，好一会儿她才咽了一口口水，看着我说："随你吧。"

我看向她的手，原本我塞给她的煎饼果子不见了，我问："我给你的煎饼果子呢？"

她愣了一下，声音蓦地一冷："扔了。"

好吧，我为什么要问这么愚蠢的问题呢？

05

宋颜没跟我多说什么，抬脚往她自己的寝室楼走去。

我一个人在原地站了一会儿，烟花已经燃尽了，孤冷的天际宛如一块上好的黑绸缎，上面铺满了碎钻，一闪一闪。

夜风吹来，拂过我的脸，说不出的舒服。

我望着星星，闭上眼睛，轻轻许了个愿望。

一只手轻轻按在了我的头顶，吓得我立马睁开了双眼。

闯入我眼帘的，是一张忽然放大的脸，一双桃花眼眯起，带着笑意，在月光下，眼眸里宛如藏了无数细小的星星，亮得惊人。

"陈浩？"我惊讶地看着弯着腰站在我面前的少年。

他穿着一件蓝色连帽衫，见我看到他，笑得越发灿烂了些。

他用力揉了揉我的头发，然后在我身侧坐下，轻声打了个招呼："晚上好啊，江琳同学。"

"你怎么在这里？"我很意外，这个时间他怎么会跑来这里，"你来干什么的？"

"你刚刚是在许愿吗？"他没有回答我的问题，自顾自地问了另一个问题。

"你转移话题的水平太差了。"我皱眉说。

他低低笑出声音来，双手枕在脑后，仰头看着满天繁星，说："刚刚某个人在电话里的声音大到我们整个寝室的人都听到了。"

"那你怎么肯定我在这里？"我不解地看着他。

"因为是你喊天时看烟花的啊，大晚上叫得那么大声，不太可能是在寝室里面吧，而且还能看到烟花，肯定是在外面。我也只是出来散步，无意间走到这里而已。"他轻笑着说，"这个解释，满意吗？"

"好吧。"我点点头，决定接受他的解释，因为很合理，不是吗？

虽然我总觉得有什么地方不对劲，可是细想又说不出个所以然来。

"现在可以告诉我，你在许什么愿望吗？"他偏头看着我，伸手从我头发上取下一片小小的树叶。

"我让星星保佑我，一定追到萧天时！"我看着满天闪耀的星星，笑着回答他。

"为什么不向月亮许愿？你看，月亮又亮又圆，圆圆满满的，对着月亮许愿多好，星星那么多，你对着哪颗星星说的啊？"陈浩不解地问。

"哈哈。"我忍不住笑了出来，"是不是你们男生都会问这种问题啊？我看过一部很老的电视剧《粉红女郎》，电视里，男主角问女主角为什么不对月亮许愿，也是这么问的。"

我问到这里，自己先愣了一下，因为我想起那部电视剧里男主角的名字叫王浩。

坐在我身边的人是陈浩，他们相差的只是姓氏而已。

所以陈浩不是男主角，而我也不是女主角。大概我们都只是配角吧！在一些人的生命里，匆匆而过，轻得或许都留不下一点儿痕迹。

我不想做萧天时的配角，我想成为他生命里的女主角，在他淡漠疏离的目光里，留下浓墨重彩的一笔！

想到这里，我的心情莫名好了起来，并且斗志也越发昂扬了。

"真神奇。"我感叹了一声，"陈浩同学，你一定是我的幸运星，因为你总能让我充满斗志。"

"幸运星？"他目光一晃，像流动的水银，"你是这样觉得的吗？"

"对啊。"我点头说，"像早上，假如不是你，我应该还不会告诉萧天时我喜欢他这件事情。像刚刚，其实我有点儿沮丧，早上才存了号码在他手机里，刚刚他却不知道我是谁，应该是他当时就删掉了我的号码吧。不过没关系，反正我拿到他的号码了，来日方长嘛。"

"哈哈。"他笑出了声，"幸运星啊，好像也不错，既然是幸运星，我就再给你带来一个好消息吧。"

"好消息？"我的眼睛顿时亮了，"什么好消息？"

"下周末，登山社有活动，不出意外的话，应该是去爬黄山，两天一夜。"陈浩缓缓地说，"是不是特别兴奋？"

"两天一夜！"

岂止是兴奋，简直就是兴奋至极！

"好了，我要回去睡觉了。"他站起来伸了个懒腰，"你也早点儿休息吧，可能下周三社长就会宣布登山活动了。"

"也就是说，这两天一夜，我会有机会和萧天时独处？"我两眼发光，"陈浩，你会帮我的吧？"

"说说看我为什么要帮你。"他挑高一边眉毛看着我。

"因为我们是好姐妹啊！"我跳起来，捶了他胸口一拳，"好姐妹，一定要互相帮助。你放心，等你以后有喜欢的女生，我一定也会帮你的。"

"我考虑考虑吧。"他嬉皮笑脸地说，"走了，晚安。"

"晚安。"我对他挥了挥手，看着他消失在视线尽头，这才转身回了

寝室。

打开寝室的门，另外两个人似乎已经睡了，苏沁窝在床上玩电脑，见我回来，冲我挥了挥手，说："体检没问题吧？"

"医生说没问题。"我把包放在写字台上，换了拖鞋，找了衣服进卫生间冲了个澡。

"下午去登山社，陈小染没刁难你吧？"苏沁问我。

"没有，我顺利加入了登山社。"我对她比了一个胜利的手势，"等着吧！我一定要拿下萧天时！"

"睡觉！"睡在我对面的刘佳佳忍不住丢过来一只娃娃熊砸了我一下，"萧天时是要拿下，可是觉也要睡啊，亲爱的。"

"好好好，睡觉。"我爬上了床。

真开心，今天一定可以做个非常美丽的梦吧。

会不会梦见萧天时呢？

假如梦到他，请让我再看一看，褪去疏离与冷漠的萧天时，嘴角扬起、微微笑弯眼睛的样子吧。

登山包 03 第三章
CHAPTER

ARE BLOOMING AS ME

你才是我
盛开的样子

YOU ARE
BLOOMING AS ME

在来年春天到来时沉睡，在紫藤花喧闹的时节醒来，你站在层层叠叠、云雾缭绕的回廊尽头，我朝你奔跑，扑入你怀中，你对我温柔微笑，寒冬在眼前分崩离析。

一直沉睡吧，只要睡着，你就是我的。

01

陈浩果然没有骗我，周三的社团活动安排会上，社长宣布，这周末将进行两天一夜的户外登山活动。

我们登山社一共有六十多个成员，除去大四要实习的学姐和学长，还有其他一些有事情无法参加活动的，有二十多个人要去参加这次的登山活动。

陈小染和宋颜都参加，当然萧天时作为登山社的骨干成员，是肯定不能缺席的。

当你期待一个日子快点儿到来时，你就会觉得时间过得非常缓慢，缓慢到近乎煎熬的程度。

登山要用的东西我早就准备好了，只等着时间一到就出发。

"我说，你能不能不要在原地转圈圈？我看着眼花。"苏沁忍不住拉住了我，"你这个样子，真像小学生要去郊游时的表现。"

"比那更雀跃啊。"我说，"哈哈哈，马上就可以和萧天时坐上同一辆大巴，去往美丽的黄山，领略那块飞来石的神韵了！"

"什么飞来石？"苏沁愣了一下，眼神茫然，不知道我在说什么。

"《红楼梦》你看过没有？"我忍不住问她，我以为黄山上的飞来石人人都知道呢，原来苏沁不知道。

"你说的是老版的还是新版的？"苏沁问我。

"当然是老版啊。"我很喜欢《红楼梦》，原著和电视剧都看过好几遍，"老版的开头的时候，不是有一块石头吗？那就是飞来石，黄山上的。"

"啊！"苏沁顿时露出恍然大悟的神色，"我知道了，原来是那块石头。"

"对上号了吧，就是那块石头。"我一直很想去看看那块石头，可是我爸妈从不肯带我出门旅行，说是太累了，懒得跑。

我姐倒是去过，还拍了不少照片给我看，让我羡慕得不得了，现在我终于可以自己去看看飞来石了。

"迎客松是不是也是黄山上的啊？"苏沁忽然想起这一茬，"我记得小时候，家里挂在大厅里的，就是迎客松，好像也是黄山上的？"

"是的，那也是黄山一景。"我肯定地回答她。

因为对飞来石好奇，所以我曾经仔细研究过黄山上的经典景点，想着什么时候偷偷溜去玩，只是一直还没有机会去。

"拍照片给我看！"苏沁顿时激动起来，"哦，终于要见到真的迎客松了。以前我一直以为那是人家随手画的呢。"

"你应该也加入登山社啊。"我说，"那样的话，我们就可以一起去了。"

"饶了我吧，我可不喜欢爬山，累得半死，就爬上去看一小会儿风景，不值得。"她朝我摆摆手，很没有兴致的样子。

好吧，她不懂登山的乐趣，虽然我一直没有机会去爬山，但是我一直很向往那种耗尽全身力气，流着一身臭汗，登上山顶，看着云雾遮住山腰，满山青翠迷人眼的景色。

好不容易挨到了周六集合的时间，我背着登山包用百米冲刺的速度奔向集合点。

哦，为了让我好好拍下迎客松，苏沁贡献出了她的单反相机，挂在我的脖子上，看上去有那么点儿摄影师的范儿。

集合点是在学校大门口，我跑到的时候，那边已经来了十几个人。我一眼看过去，就看到了站在一边将连帽衫的帽子戴在头上、低着头玩着手机的陈浩。

我张嘴想喊他，可是不知道为什么，那声"陈浩"没能喊出口。

因为站在离我十几步开外的陈浩，周身散发出一种若有似无的疏离感，这种感觉虽然不是萧天时那种很明确的"生人勿近"，但反而让人更加不知道如何接近。

这样的陈浩，很陌生。

我停住了脚步，原本雀跃的心也渐渐冷却下来，我忽然发现一个问题，那就是我自说自话地觉得陈浩是同盟，是可以让我鼓起勇气去追逐萧天时的人，可是我忽略了一点，那就是我认识他的时间，远远没有认识萧天时的时间长。

我认识萧天时一年多了，可是对于陈浩，虽然早就知道这么个人，却从未想过去认识他，因为男生对我来说，只有喜欢的人和其他人之分。

我仔细算了算，认识陈浩竟然只有短短十天的时间，何其短暂？为什么我会有一种他和我已经认识很久很久的错觉？

"你在发什么愣？"一个冷冷的声音将我从胡思乱想中拉了回来，是宋颜。

她利落地将一个双肩包背在一侧，大大的鸭舌帽挡住了她那张妖冶美丽的脸。

"上车。"

我这才发现，在我发愣的时候，登山社参加这次两天一夜登黄山活动的成员来得差不多了。

只有萧天时和陈小染还没有到，我在人群里没有发现他们的身影。

"别看了，天时陪小染买水去了。"宋颜冷冷地说着，越过我，朝停在一边的大巴车走，我连忙跟了上去。

宋颜一个劲儿地往前走，我埋着头跟着她往前走。

突然，一只手牢牢拽住了我，跟着我就听到了陈浩嬉笑的声音："江琳同学，你急匆匆往哪里去？"

"陈浩？"我被他抓着，在他身边的空位上坐下，"你什么时候上车的？你刚刚不是……"

"我早上车了啊。"陈浩耸了耸肩，"这不是先占了个座位给你，不然估计你只能坐最后一排。"

"不愧是我的好姐妹！"我拍拍他的肩膀，"谢啦。"

我莫名松了一口气，陈浩有疏离感，只是我的错觉吧！

眼前这个眉眼弯弯、笑得灿烂似春阳的家伙，怎么可能会让人觉得无法靠近呢？

"可以麻烦你坐到那边去吗？"陈小染的声音在车里响起。我抬头看了一眼，只见陈小染正站在我右前方的一个男生身边，小声且温柔地询问。

那个男生本来是一个人坐的，陈小染让那个男生坐到边上去，大概是想让萧天时跟她一起坐在那里吧。

"哦，好的。"那个男生站起来，应了一声就往后走去。

陈小染看似不经意地朝我瞥了一眼，不显山不露水，好像压根儿没把我放在眼里。

其实我知道，她才不像表面看上去这么风轻云淡，否则她为什么要挑在我能够看到的地方跟萧天时坐在一起？

她是想表现出和萧天时很亲近的样子，让我挫败吧。

为什么那么多人跟萧天时告白，她偏偏只找了我呢？

因为萧天时没有用惯常的拒绝方式来拒绝我，因为他迟疑地没有开口，所以她感觉到紧张了吗？

这么说起来，我也算特别的吧——在萧天时的眼里。

萧天时终于上了车，他穿着深色外套，双手插在口袋里，视线扫过我的时候，略微停了停，然后他冲我轻轻点了点头，嘴角似乎也微微扬起来了。

我瞬间睁大眼睛，刚刚萧天时是在跟我打招呼吗？

02

因为那个淡到近乎没有露出的笑容，我的心情雀跃起来，在萧天时眼里，我果然是有些特别的吧。

这个认知，让我觉得，追上他是可以触及的未来。

他就在那里等着我，等着我终有一天，成为他身边唯一的姑娘！

我盯着他的后背，偶尔他稍稍偏过头，我就可以看到他漂亮的侧脸。这么盯着看，我的眼皮子渐渐变得沉重起来。这几天，因为太过兴奋，我晚上一直失眠，这个时候上了车，瞌睡就来找我了。

车子颠簸着，我终于抵挡不住汹涌的睡意，迷迷糊糊间，好像有人将

衣服披在了我的身上。我伸手抓住一只手，牢牢抱在怀里，沉沉睡了过去。

从C大去黄山，坐大巴车要两个多小时，我不只睡着了，还顺便做了个美梦，梦里萧天时拉着我的手，站在那块飞来石边，弯腰低头，就要吻到我……

"醒醒，到了。"然而就差那么一点点，梦里的情景刹那间分崩离析，浅白色日光照进眼睛里来。

我低头看了一眼，我抱在怀里的是一只手臂，顺着手臂往上看，映入眼帘的，是陈浩那张熟悉的脸，挂着皮笑肉不笑的表情。

我猛地松开手，同时震落了披在我身上的薄外套。

外套是陈浩在我睡着的时候，帮我披上的。

他收回自己的右手，用另一只手轻轻按着，低头贴在我耳边说："好样的啊，江琳同学，你把我的手臂当成抱枕睡了一路，我手臂麻了，你要怎么补偿我？"

"啊。"我下意识地躲开了一点，他离得那么近，他的语气那么奇怪，让我有种很暧昧的感觉。

这样不好，很不好。

"大不了我帮你背登山包！"我脱口而出，说完我就后悔了，因为我原本是打算帮萧天时背的啊！这样他才知道，我虽然个子小，但是力气不小啊。我欲哭无泪，看着陈浩奸计得逞的笑容，顿时有种想打他一拳的冲动。

不过萧天时还在车上，我得保持形象，不能太暴力，要在他面前维持我的淑女形象，虽然我不确定，在他眼里的我到底是什么样的一个女生。不过说出口的话收回来不是我的性格。

所以我一手提着一个登山包，侧身走下了车。陈浩带着极为不正经的笑容，跟在我身后下了车。

陈浩的登山包里也不知道塞了什么东西，很有分量。我将陈浩的登山包背在身后，将自己的登山包背在胸前，我的登山包里东西不多，所以稍微轻一些。

"嗬，小矮子还要当活雷锋啊。"宋颜不知道什么时候走到我身边，此时正看好戏似的盯着我瞧。

她一头干脆利落的短发，在阳光下闪着晶莹的柔光，她那张脸，无论什么时候看到，都会让人惊艳。

"不要叫我小矮子，我叫江琳。"我抗议地瞪了她一眼，"还有，高矮胖瘦跟当活雷锋没有冲突。"

"哈哈。"她蓦地笑了起来，然后指了指前面，"你看，你的他在那里呢。"

我顺着她手指的方向看过去，萧天时果然在前面，并且他身上没有登山包，走在他身边的陈小染身上也没有，他们的登山包，是由其他人帮忙拿的。

"陈浩那家伙，真让你给他背包啊。"宋颜似笑非笑地看着我后背上的大包，"你是不是求着他帮你追天时，所以才讨好他？"

我白了她一眼，真是白长了那么一张漂亮脸蛋儿，她脑子里都在想些什么啊？

要么让我讨好她，和她打好关系，套取萧天时的情报，要么说我在讨好陈浩，想要让陈浩帮我追萧天时。

难道人与人之间，除了利用，就没有别的更加美好、更加正面的关系吗？

"不说话，是默认了吗？真是的，陈浩虽然和天时关系挺好，也住同一个寝室，但是，我想你拜托错了人。陈浩只是想逗你玩而已，你不会真以为他那样的男生，会愿意跟你打交道吧？"宋颜见我不理她，说得越来越带劲了。

"你说完没有？"我终于忍不住打断了她的喋喋不休，走了这么一段路，我早就大汗淋漓、气喘吁吁了，宋颜却跟个没事人一样，甚至额头上都没有出现汗珠，看上去特别清爽。

"怎么？"她一挑眉，冷笑着看着我。

"陈浩才不是那样的人，而且我也没有利用他，他是我朋友！"我大声否定她那些不堪的猜想，我不能忍受别人这么猜疑我的朋友。

"朋友？"宋颜重复了一声，跟着非常夸张地大笑了起来，像是我在说什么特别好玩的笑话一样，"你竟然觉得你和陈浩是朋友？我说，你认识陈浩多久，你知不知道那家伙的个性是什么样的？你竟然觉得你们是朋友，这是我今年听到的最好笑的笑话。"

"喂！"我心里莫名浮上一丝烦躁感，之前在学校门口，陈浩身上散发出来的若有似无的疏离感，难道不是我的错觉吗？他真的在拒绝别人靠近吗？

"你有完没完啊？我说了我们是朋友就是朋友，这不是什么笑话，我是很认真地再告诉你一次。"我盯着她的眼睛，严肃地说，"或许我的确不了解他，我不知道在你的眼里陈浩是什么样的，也不知道在其他人眼里，他到底是什么样的，我只知道，他愿意让我看到的，是一个很温暖很灿烂的样子！"

"你……"宋颜怔怔地看着我，她皱起眉头，张了张嘴，最后却什么都没说，像是不知道要拿什么话来反击我。

"还有，我喜欢萧天时，我没有想过要利用别人，这一点我早就跟你说过，为什么你就是不相信？喜欢我会自己去追。宋颜，你之所以总是跟我说这些让人心里有疙瘩的话，是因为你嫉妒我吧。"我坦然地看着她的眼睛，淡淡地对她说。

她脸色蓦地一白，怒气在她眼睛里凝结，她压低声音说道："我嫉妒你？江琳，你有没有搞错？你看看你有哪一点值得我嫉妒？你长得虽然不算差，但是在陈小染面前你算什么？你个子这么矮，站在萧天时面前，连他肩膀都碰不到。这样的你，却说我嫉妒你，你的自我感觉会不会太良好？"

"或许吧。"我不退让，因为宋颜完全盯上了我，她会时时刻刻地提醒我、打击我，然后我就会放弃，离萧天时远远的。

我忽然有些明白为什么陈小染会让我加入登山社了，因为登山社里有

宋颜，她甚至都不需要自己动手，就可以让我丢盔卸甲、溃不成军。

因为她知道，宋颜一定会将我从萧天时身边赶走的。

宋颜喜欢萧天时，这不是我第一次这么猜测。

她喜欢他，就像我喜欢萧天时一样。

03

宋颜没有继续跟我废话，她双手插在口袋里，优哉游哉地往前走，像是去找萧天时了。

我在人群里扫视了一眼，竟然没发现陈浩，这家伙把背包丢给了我，自己却跑得没影了。

我加快脚步往前跑，累得半死，陈浩这家伙也不来帮忙，我那么一说，他还真好意思让我帮他背这么重的包。

只是我找了半天，都走到了集合点，还是没看到陈浩。

这小子就像压根没来一样，要不是我还背着他的背包，我真要以为他没参加这次活动。

我站在一边，靠着一块大石头喘着气，抬起手臂擦了擦满头的汗，在心里把陈浩骂了个半死。

正在我四处扫视的时候，一瓶矿泉水出现在我面前。我愣了一下，在看到给我递水的人是谁的时候，我的心又不可控制地狂跳起来。

竟然是萧天时！

像军训的时候，他扶了我一把，递给我一块薄荷糖一样，在我累到极致的时候，他出现在我面前，带着一点点笑意，给我送来一瓶矿泉水。

我伸手接过来，忙不迭声地说："谢谢，谢谢。"

"不用谢，每个人都有一瓶。"萧天时淡淡地说了一声，将水递给我之后，转身就走开了。

我的视线一直追着他的背影。啧啧，萧天时不愧是萧天时，就是看一眼他的背影，我就能吃下十碗白米饭！

我正对着他的背影出神，抓着水瓶的手蓦地一空，我急忙伸手去抢，抬头才发现抢走我水瓶的人，竟然是陈浩。

我顿时气不打一处来，一边踮起脚想去抢回矿泉水，一边问他："你跑哪里去了？你的包很重，你知不知道！"

"去帮忙搬帐篷啊。"他耸耸肩，打开了瓶盖，对着瓶嘴"咕噜咕噜"喝了几大口水，一瓶水顿时只剩下了一半。

"喂喂喂，你给我留点儿啊！"我伸手抱住他的手臂，拼命往下拽，偏偏这家伙力气好像奇大无比，我怎么拽他都不动如山。

"给你。"他又喝了一大口水，只留下小半瓶递给我，"要不要？不要我继续喝。"

"给我！"我怒了，背着两个登山包走了一路，早就口干舌燥，好不容易萧天时给我一瓶水，还被这家伙喝掉了一大半，他竟然还问我要不要！

我抢过水瓶，仰头"咕噜咕噜"将剩下的水全喝掉了。

陈浩眼睛弯弯的，像是在笑，说："江琳同学，刚刚咱们间接接吻了。"

"闭嘴！"我将瓶子丢入一边的垃圾桶里，抬起手背用力擦了擦嘴巴，"你是小学生吗？还间接接吻？要不要这么纯情？"

"哦？"他挑高一边眉毛，饶有兴致地看着我，"啧啧，原来间接接吻在江琳同学眼里如此微不足道，那要不要来个直接接吻试试？"

他说着，弯腰朝我凑近。

我伸手推了他一把，怒道："我的吻是要留给萧天时的，你一边凉快去，而且我为什么要跟你接个吻试试，这个话题很奇怪！"

"哈哈，就是好玩儿啊。"他耸耸肩，双手插在口袋里往后退了一步，一派闲适模样，"你不会真以为我想和你接吻吧？"

"陈浩！"我忍不住吼起来，"可以停止这个话题吗？接吻是件很神圣的事情，和喜欢的人做快乐的事，这不是闹着玩儿的。"

他终于收起了那份嬉笑，表情认真了一点儿，想了想，然后点了点头："你说得有道理。"

"是非常有道理好不好！"我气得瞪了他一眼。

"不逗你了。"他递给我一只手，"别生气，我没别的意思。"

"给你！"我将背包卸下来，塞到他手上，"天知道你背包里都装了什么，这么重，严重怀疑你塞了一堆石头在里面。"

"你要看看吗？"他冲我挤眉弄眼。

我原本还有点儿好奇，这下一点儿都不好奇了。

我顺手将自己的背包也甩给了他："刚刚我帮你，现在换你帮我！"

"败给你了。"陈浩嘀咕了一声，认命地把我的包接了过去。

我在人群里环视一圈，企图找到萧天时，却没看见他的踪影。

"找萧天时的话，他在前面，应该是在分配人员，晚上露营要用帐篷，他在给人分工。"陈浩见我东张西望，一下子戳穿我的目的，"现在去，小心他让你背帐篷。"

"不劳你费心！"说完，我头也不回地往前跑去。

开玩笑，能和萧天时增进感情这种绝佳的机会我怎么可能错过？

萧天时果然在分派任务，隔着十几步远我就看到，被暖阳笼在其中的萧天时，温暖得像个天使。

我想起那个雨夜，他撑着黑白格子伞，像救世主一般出现在我面前，那一瞬间，我以为我遇见了天使。

萧天时，小天使，说不定，他真的是我生命里独一无二的小天使。

我正要走上前，边上却走来一个人，硬生生将我拦了下来。

拦住我的人是陈小染，她今天穿了一件浅粉色的外套，水洗白的牛仔裤，将她的双腿修饰得更加修长。

她站在我面前，似笑非笑地看着我，说："江同学，可不可以麻烦你一件事情？"

"什么啊？"我忙着要去跟萧天时说说话，偏偏陈小染挡在我面前，有一种我不理她，她就绝对不会让我过去的感觉。

"帮我去拿一下登山帽吧。"陈小染侧过身，挡住我的视线，让我看不到萧天时。

我有些恼火，却发作不得，她想要的不就是我跳脚失态吗？我偏不让她如愿，我绝对不会允许自己在萧天时面前失态的。

"好啊，你带我去吧。"反正我两手空空，拿一下登山帽也不会怎么样。

陈小染意味深长地看了我一眼，然后转身带着我朝反方向走。

等到周围没有我们登山社的人时，她脸上的浅笑彻底消失了，整个人都散发出一种高傲冷漠的气息。

她说："今晚，我会和天时去山顶，明天早上一起看日出。"

"为什么告诉我这些？"我觉得她有些莫名其妙。

她是向我炫耀她和萧天时之间的关系吗？

"没为什么，只是让你明白，我和天时之间，是容不下其他人插足的。"她瞥了我一眼，眼神带着一丝警告的意味，"我们早晚会在一起，我和天时是同一座城市的，我们都会回去。江琳，你的喜欢很不现实。"

"你害怕了呢。"我站住脚，回头看她，"通常只有在快失去的时候，才会拼命找理由来证明自己一定会赢。"

陈小染的脸色蓦地一白，气急地说："我会赢的！"

"那就试试看吧。"我不打算放弃，因为萧天时没有承认过陈小染是他的朋友，事实上他的身边有很多女生，陈小染不过是走得最近的那一个而已。

她与我并无分别，我们在萧天时面前，都是喜欢他却得不到他的那类人。

04

登山帽是放在大巴上的，陈小染没有再和我说一句话，她默默地拿了几个帽子就走了，没有要等我一起走的意思。

我完全不介意，反正我又不需要喜欢她，也不用她来喜欢我。

我们是对手，是情敌，就是这么简单的关系。

我拿着帽子赶去集合点，萧天时他们已经分派好了任务，陈浩那家伙因为背着我的登山包，所以逃脱跟其他男生一起背帐篷的命运。

我将登山帽分了下去。我原本打算去给萧天时送帽子的，只是一回头，陈小染胜利地冲我笑。她身边站着萧天时，萧天时的头上已经有了一顶帽子。

哼，真幼稚。

我拿着帽子走向陈浩。

陈浩此时侧靠在一块大石头上，闭着眼睛像是在打瞌睡，但是我走到他身边的时候，他站起身，笑着说："怎么？被差遣当苦力去了？"

"没那么夸张，拿帽子而已。"我踮起脚，想把帽子戴在他头上，可是这家伙站得笔直，我一时间竟然戴不上去，"你给我低头！"

他依言垂下头来，我这才顺利地将帽子扣在了他头上："我说，你没事长这么高干什么？电线杆似的。"

"我没记错的话，你家萧天时比我还高两厘米。"他斜眼看了我一眼，嘴角还有一丝促狭的笑意。

"不要在意这些细节。"我摆摆手说，"你还不谢谢我？因为帮我背登山包，你都不用背帐篷了。"

"我还真要谢谢你呢。"他笑花了一双桃花眼，日光在他眼底流淌，亮得不可思议。

我张了张嘴想和他说点什么，这时候社长拿着大喇叭，说了一声"登山开始"，于是一群人就跟小学生郊游似的，欢呼一声，撒腿就往山上跑。

我因为什么都没有拿，所以没有负担地往前跑，我将一个又一个人甩在身后，终于跑到了萧天时的身边。

陈小染和宋颜走在后面一点儿，似乎正说着什么，我路过她们的时候，宋颜的脸色有些冷，陈小染好像也有点儿生气，也许刚刚她们意见不合，起了争执。

不过这些不是我需要关心的，我一口气跑到萧天时身边，伸手拍了他一下："嗨，你怎么跑这么快？"

他吃了一惊，似乎看到我忽然出现在他身边很意外，不过他到底没有让自己失态，冲我友好地笑了笑："要走在前面，看好地点安排休息。"

"这些不是社长要做的吗？"我不解地问。

　　他愣了一下，似乎没想到我会问这个问题，不过他还是解释了一下：
"因为这次登山活动是社长考验我能不能管好一个社团而特地举办的。"

　　"这么说，你要当社长了吗？"我一个激动，不小心声音抬高了些，
好在我们周围没什么人，并没有人听到我说的这句话，"啊，对哦，社长
大三了，进入大四就要准备实习了。"

　　"嗯。"他点点头，淡然地说道，"所以我要把大家照顾好。"

　　"我帮你拿点儿东西吧。"我绕到他前面，拦住他的去路，"你一个
人拿这么多东西，很重吧？"

　　"不用。"他指了指我脖子上挂着的单反相机，"如果想帮我的话，
就帮忙多拍点儿照片吧。"

　　"好的！"我连忙应了一声。其实无论他让我做什么，只要他开口让
我帮忙，这就足以让我雀跃，因为这样，我会觉得自己也是被他需要的。

　　我拿起相机，对着他猛拍了几张，然后站在高处，朝下面拍了几张，
将大家全力爬山的样子，都拍进了相机里。

　　拍完这些，我飞快地跑回他身边。能和他单独并肩而行的机会真的太
少太少，我是一定不想错过这个机会的。

　　他见我再次走回他身边，并没有说什么。我也没有说话，沉默在我们
之间徘徊，我忽然想起一个问题。

　　"那天的烟花，很好看。"他忽然开口说，"谢谢你喊我看。"

　　"你看了啊。"我很惊喜，那都是一个星期之前的事情了，他还记在
心上。

"对了，我的号码，你不要再删除了哦。"我想起他接起电话时问我是谁，心里多少还是有些介意。

"其实我有点儿好奇。"他扭头看了我一眼，目光里有一丝水雾一般的困惑，"你是个什么样的女生。"

"你想了解我？"我很惊喜，当一个男生想了解一个女生，这代表这个男生对这个女生是在意的，不管是好的坏的，当他在意了，就说明我在他心里，和那些一告白就被他委婉拒绝的女生不一样。

不管是深的还是浅的，我在他心里，总算是留下了一丝痕迹。

"只是有点儿好奇。"他轻笑了一声，这一笑，将他身上的那抹疏离与冷漠彻底冲干净了，"你的告白……很特别，不是吗？"

"对哦，你还没有正式回应我的告白呢。"我猛然想起这一茬，要不是他现在提起，我估计都要忘到九霄云外了，"因为我的告白很特别，所以你没有像回应其他女生一样，用同样的方式回应我吗？"

"我只是忽然想知道，做出这样特别告白的人，是怎样的一个人。"他的声音压得有点儿低，我需要离他很近才能听清楚。

这么走了一路，我心里生出了一丝暧昧的感觉。

"然后呢？了解我之后，就会给我一个答案吗？这个答案，是不是也是特别的呢？"我的脑海中瞬间浮现出很多种画面，都是他有可能给我的回答。

可是不知道为什么，我想到的，都是他拒绝我的画面。

这不好，我连忙摇了摇头，将脑海中这些消极的思绪全部甩干净。

萧天时轻轻摇了摇头，并没有回答我的问题，只是眼眸深处漾起了一层忧伤的水雾，我忍不住追问了一声："可以告诉我，你有正在交往的朋友吗？我那天冲动地对你告白，都没有来得及先问问你有没有朋友。"

"正在交往的朋友，暂时还没有。"他答道。

"那陈小染……"

"她是很好很好的朋友。"他笑着，给了陈小染一个定位。

我顿时松了一口气，亲耳听到他证实自己还没有朋友，让我的心更加踏实了。

05

我想，要不是宋颜和陈小染从后面追上来，大概我还可以继续霸占萧天时，多聊一会儿。

可惜天不遂人愿，不过今天才是第一天，接下去还有一晚上，明天还有一整天，而且，他不是说出了想要了解我这种话吗？

我捂住嘴巴，忍不住笑了起来。

今天大概是我暗恋萧天时以来最开心的一天了。

"喂，某人偷笑的样子，像只偷到鱼的小猫哦。"陈浩的声音丝毫不客气地打断了我脑中无限的遐想。

我心情好，决定不责怪他打断我的思绪，说道："你怎么跑这么快？

你背上可背着两个登山包呢。"

"对你这种小不点儿来说，两个登山包就能压垮你了，但是对我这样的电线杆来说，小菜一碟啊。"他斜眼看我。

这家伙一定是记仇了，还记着我说他高得跟电线杆一样的话。

"小心眼儿！"我忍不住说，"还记仇啊。"

"不会。"他哼了一声，加快脚步，把我甩在身后，"我才不和小孩儿较劲儿呢。"

"喂！"我怒了，快步跑上前，绕到他面前，"什么叫小孩儿，我们明明一样大！我跟你讲，你不要歧视我。"

"呵呵呵。"他看着我冷笑三声，继续绕开我往前走，完全无视了我，"你不跑去找你的萧天时，跟在我身后干什么？"

"也不能总缠着萧天时啊。"我说着，抓起手里的单反相机，"来，我给你拍一张。"

他冲我比了一个剪刀手，顺便露出个欠揍的笑容："拍得不帅，我就把你从山顶扔下去。"

"要相信我的技术。"我拍着胸脯保证，"肯定把你拍得帅帅的，帅到天妒人怨、人神共愤的地步。"

"哈哈。"他被我逗笑了，放下手，顺势拍了拍我的头。

每当他拍我头的时候，我就无比懊恼。为什么他长那么高？为什么我这么矮？以至于他随便一抬手，就能摸到我的头。

"走吧，时间不早了，天黑之前，我们要到达集合点，今天会在那里扎营，还要帮忙搭建帐篷之类的，晚了就看不见了。"他说着，稍稍加快了脚步。

我跟了上去，与他一起往山上走。

此时太阳挂在西边的山顶，被山顶凸起的石头啃掉了一口，像是被人咬了一口的月饼，遥遥挂在天际。

我走着走着，忽然一个趔趄，重心前倾，差点脸着地趴在地上。关键时候，一只手牢牢地拉住了我，跟着我就听见陈浩略带关切的声音在耳边响起："喂，没事吧？"

"没事没事，可能走神了，没看见脚下的台阶。"我连忙稳住心神，扭头对着近在咫尺的陈浩说，"谢谢你啊，不然我这一跤可就摔惨了。"

"在爬山呢，你小心点儿，摔下去可不是好玩儿的。"他的语气里，没有了那层戏谑，忽然变得十分认真，"你想想，你摔下去，明天一定会上新闻头条——登山女生摔成一团肉酱。"

"你闭嘴！"我瞪了他一眼。刚刚觉得他语气里有一丝关切，果然只是错觉吧！

"好了，走吧。"他松开我，我站稳了，他又递给我一只手，稍稍偏过头去，橙红色晚霞落在他的脸上，让他整个人都呈现出浅淡的暖色调，"牵着我的手吧，免得再摔跤。"

我盯着他摊在我面前的那只手，修长白皙，骨节分明，干干净净，忽然嗓子发紧。我连忙往前走了一步，同时深吸一口气，想要压抑住心里浮上的一丝焦躁感。

"走啦，天快黑了。"我大声说完，用更快的速度往前跑去。

直到全身力气都用完，我才停下，扶着一块大石头喘着气。刚刚我是怎么回事？那莫名的心悸从何而来？

我转身朝山下看去，这个时候，我们登山的这条路线，几乎没什么人了，只有落日的余晖，从密密麻麻的枝丫上投下一点点细碎的光。

他的脸就藏在那团光怪陆离的阴影里，也许是离得有点儿远，也许是山道上除了他没有别人，所以那种淡淡的疏离感又一次将他笼罩在其中。

就像之前在学校门口集合的时候，他将连帽衫帽子罩在头顶，低头玩着手机，那种生人勿近的感觉又一次出现了。

是错觉吗？

不，我盯着他看了许久，这一次我确定不是错觉，不是那一瞬而过、无法捉摸的错觉。

我鬼使神差般拿起相机，将焦点聚集在他身上。

镜头里的那个少年，纤瘦的身形在苍翠的树丛里独行，他身边什么都没有。黄昏总是带给人寂寞萧索的感觉，在夕阳下独行的陈浩，莫名给我一种孤独感。

好像不知道什么时候起，他一直在一个人走，没有人真正靠近他。

我下意识地按了拍摄键，当细微的"咔嚓"声传入耳中，我才意识到自己在做什么。

我连忙放下相机，扭头不再盯着陈浩看。

我在干什么啊？

我很懊恼，却发现自己有些在意。

真正的陈浩，是什么样子的呢？

我想起宋颜的话，想起隐在暮色里独行的他，总觉得我一厢情愿地将他当成朋友，有点儿太过于天真了。

他愿意给我看到的，是他嬉皮笑脸的样子，可是真正的他并不是这样的。

他到底有多少张面具？是否见着不同的人，都会用不同的面具？

我擅自将他当成盟友，当成幸运星，那么在他的眼里，我又是什么样子的呢？

"在想什么啊？"在我胡思乱想的时候，他已经又一次追上了我，伸手弹了弹我的额头，"这么心不在焉，是在想你家萧天时吗？"

"是啊。"我脱口而出。

他愣了一下，随后揉了揉我的头发，将我整齐的刘海儿揉乱。

为什么我要回答是呢？明明刚刚我所在意的人，是眼前这个三月樱一般的少年，可是他问我的时候，我怎么会觉得心虚呢？

"走吧。"他轻声说，"你的他就在不远的前方。走起来，江琳同学。"

"嗯。"我点点头，心情说不出来的奇怪。

这种奇怪的心情挥之不去，如影随形。

我很努力地想抓住点什么，就差一点点，就差一点点我就能弄清楚这种沉甸甸、压得心脏都有些无法跳动的，到底是什么东西了。

"等等！"我喃喃念了一声，加快脚步跑到陈浩身边。

他听见我急促的脚步声，回头看我。

我下意识地朝他伸出一只手，他嘴角微微扬了起来，然后在我反应过来，要将手缩回来的一瞬间，他抬起手，干脆利落地抓住了我的手。

他微微侧过头看我，因为背对着夕阳，我只看到他的脸藏在阴影里，只有那笑弯的桃花眼，让我辨清他的表情，应该是笑了。

"慢点儿走，小心点儿。"他拉着我的手，一步一步，踏着山道，朝掩映在树木乱石中的集合点走去。

我仰着头看着他的侧脸。

刚刚那种心情，一下子消失不见了，任由我怎么想寻回，都找不见。

徘 徊 与 难 眠 04 第四章
CHAPTER

ARE BLOOMING AS ME

多想握住那个人的手，结束这漫长且孤寂的流浪，哪怕掌心藏着一道参商永隔的天涯。海浪亲吻足底的伤疤，倒退的潮水宛如泪花，我在这里踯躅年华，你在彼端谁的梦里，挨过一个又一个，姹紫嫣红的春夏。

01

十月的风，凉中带着一丝刺骨，这山中的风，就更冷了些。

好不容易在陈浩的拖拉拽下来到了集合地点，体力有些透支的我在用过简单的晚餐后，就一直坐在地上休息。

我搓了搓手，感觉身上有些冷。

这个时候我真羡慕那些有先见之明带了大衣、棉袄来的人。看着从登山包里往外掏大衣的陈浩，我一点儿都笑不起来了。

我之前还问他包里到底塞了什么东西，重得跟石头似的。现在我知道了，是塞的在山里过夜要用的东西。

我带的东西很少，压根儿没带穿在外面的厚衣服，此时只能抱着登山包，缩在角落里，企图让自己看上去不那么冷。

陈小染早就穿上了粉红色的羊绒大衣，宋颜也披上了一件深蓝色长棉袄，只有我，还是来的时候的样子。这个时候的我，看上去一定像个大傻瓜。

"喂，要不要我借给你穿？"陈浩拎着他那件大大的黑色呢大衣，冲我挥了挥，我用非常幽怨的眼神看着他。

这家伙为什么不告诉我，参加登山社活动的时候，要多带件厚衣服啊？

"不用。"我咬牙切齿地说。其实我多想扑过去，抓住他的衣服就披上。

可要是他把衣服给了我，他自己也会冷吧。而且刚刚那种心情过后，我没有办法理直气壮地接过他的衣服。

好在帐篷已经搭好了，晚点儿进了帐篷，就不会觉得冷了。我只要撑到明天早上太阳升起，温度回升，那样我就不会再觉得冷了。

"你确定？"他上下打量了我一下，"扑哧"一声笑了出来，"江琳同学，你知不知道自己现在是什么样子？"

"什么样子？"我不解地看着他，他的问题让我觉得很莫名其妙。

"像兔子，你的鼻子红红的。"他说着，伸手捏了捏我的鼻子。

然后我跟他两个人同时愣了一下。我连忙拍掉他的手，尴尬地偏过头去，正巧迎上萧天时的视线。他像是不经意地看过来，对上我眼睛的时候，视线稍稍停留了一下，冲我微笑着点了一下头，然后又偏过头去。

他刚刚看到了吗？看到陈浩捏我鼻子的那一幕了吗？

我心里莫名有些紧张，他不会误会我和陈浩了吧？

真是的。我扭头瞪了陈浩一眼，却见他低着头，不远处点着的火堆发出的火光映在他的脸颊上，投下一丝浅浅的红色。

"下次不许捏我鼻子！"我低声说。

"哦？"他的嘴角轻轻扬起，露出一个浅浅的笑容，像是一树樱花，迎着料峭的寒风，静静盛开一般。

"别这么看着我。"我低下头去，"怪别扭的。"

"别扭？为什么别扭？我怎么不会？"他说着，抬手扯了扯我的头发，"喂，江琳同学，你要不要跟我一起去捡点儿树枝回来？刚刚他们捡的那些，好像不够烧一夜。虽然黄山已经是旅游景区了，但是我们登山的这个区域，还属于没有完全开发的原始山区，夜里没有火，万一有危险的东西靠近就不好了。"

"好啊。"我冷得不行，去捡树枝，运动起来，那样会稍微暖和点儿吧。

陈浩带着我找到萧天时，跟他说了一声，就拽着我朝山林里走去。

这个时节，树木开始落叶了，为了防止引起火灾，他们早就把搭建帐篷的地方清理了出来，树叶树枝都堆在一起，留着夜里烧火用。

陈小染和宋颜还有两个男生正在搭建简单的露营锅，用来煮点儿简单的食物。虽然可以啃面包和饼干之类的干粮，但是大晚上的，吃点儿热的食物还是会舒服很多。

这里已经接近山顶了，这个位置正好有个很大的平台，以前应该也有人在这里登山，有露营的痕迹。

"登山社是不是经常组织这种活动啊？"我从地上捡起一根细长的树枝，用来拨开地面上张牙舞爪的草藤，"看上去都很有经验的样子。"

"大概每学期都要组织两次吧，你这是第一次，下次再来就有经验了。"说着，他脱下身上披着的那件黑色大衣，再次问我，"你真的不需要披上？跟我不用客气，感冒了就不好了。"

"真的不用。"我这么说着。因为我有点儿介意他给过我很陌生的感觉，虽然我们认识的时间这么短，本身也算不上很熟悉。

"你有点儿不太对劲。"陈浩忽然说，"是不是下午发生了什么事情？你家萧天时跟你说了什么吗？所以让你想要跟我保持距离？"

"没有。"我飞快地否定，"我没有不对劲，我很好……"

"你在说谎。"他打断我的话，用低沉的声音笃定地说道，"江琳，我以为你很坦率。"

"就像你以为我应该更勇敢一些，以为我应该不是现在这个样子吗？"我站住了脚步，不肯再往前面走。莫名地，我的心情变得有点儿烦躁，他的话让我不自在。

"陈浩，你以为你了解我什么啊？其实算起来，我们认识不过十天时间，像我不了解你一样，你也并不了解我。"

"你有没有听过这么一句话？"他缓缓地说，"白头如新，倾盖如故。我并不认为时间的长短，能够影响我了解你的程度。"

"白头如新，倾盖如故。"我下意识地重复了一声，这句话的意思我明白，是说有些人认识一辈子，互相也不了解，就像刚认识一样；有些人，明明是才遇见，却宛如认识了一辈子的老朋友。

我和陈浩，算得上是这样的关系吗？

"宋颜跟我说了一些话。"我迟疑了一下，还是决定说出来，"让我觉得，也许我并不如自己想象得那么了解你。或者我眼里的你，并不是真正的你吧。"

"真正的我？"陈浩微微愣了一下，跟着低低笑出声来，"那你以为，什么是真的，什么是假的？真正的我应该是什么样的呢？你说你不了解我，又说真正的我不是这样的，假如不知道真正的我是怎样的，又怎么知道你眼里的我不是真的我？"

我目瞪口呆地看着他。

他刚刚说了这么多话，把我绕进去了，我觉得他说的似乎很有道理，又觉得好像有什么地方不对。

"别人的话，没有必要在意吧？"他见我不说话，继续说，"宋颜……她连自己都不了解，又何谈了解别人呢？"

这一点他的确说对了，宋颜也许自己都不知道，她有多喜欢萧天时。

可是就算没有宋颜对我说的那些话，在校门口还有之前我从上面俯视他，他带给我的那种疏离感不是假的。

02

"之前，在校门口，你明明站在那里，身边却没有一个人靠近你，虽然没有那种很强烈的生人勿近的感觉，可是我的确有种被你拒绝靠近的感觉。"我决定实话实说，我不是个藏得住话的人，憋着一年没去跟萧天时告白，那已经是我的极限了。

有什么话藏在肚子里，想断肠子，这不是我的作风。

我不喜欢自虐，所以有不明白的就问，得到答案，我就可以安心了。

他听完我的话，好笑地看着我，似乎有些无奈。他拍了拍我的肩膀，说："小不点儿，我看上去很像是那种烂好人，不懂得拒绝别人吗？"

我摇摇头，他虽然看上去很好相处，但很奇怪，我从未在他身边看到其他女生。

我忽然觉得奇怪。其实陈浩长得真的很好看，与萧天时是两种不同的类型。可是这么优秀的男生，我似乎没有听到女生谈论过他。

他总是将自己藏在萧天时的锋芒之下，可明明他的优秀是藏不住的。

他耸耸肩说："我对无趣的人，没什么交谈的兴致。"

"这么说，在你看来，我还算有趣？"不知怎的，我心情蓦地好了起来，"所以你舍得把你的笑脸显露在我面前？"

他没有说话，只是将大衣强行披在了我的肩膀上，抓住我的手臂，拉着我往前走："我们回去吧。"

"不是捡树枝吗？"我诧异地看了他一眼，"我们还什么都没捡到啊。"

"捡树枝这种事情，当然要交给大一的小朋友去干，我们大二的，可以从捡树枝小组毕业了。"他答道。

"那你……"我不解，既然不需要我们捡树枝，他为什么要喊我出来？

"我不觉得刚刚跟你说的这些话，有必要说给那群人听，出来散散步，正好不用帮忙煮东西吃，你竟然不谢谢我？"他得意地笑了起来，"怎么样？我是不是很聪明？"

我顿时有些无语，真是败给他了。

我被他拉着往回走，可是才走了几步，我的腿忽然失去控制似的，猛地双膝一软，"扑通"一声跪在了地上。

好在陈浩拉着我，否则我这一摔，肯定要滚下山坡不可。因为我们现在站的位置，是在平台的边缘地带，坡度有点儿陡，而再往下走一点儿，就是陡峭的岩壁。

我吓得半死，跪在地上起不来。

"怎么了？"陈浩弯下腰，伸出双手抓住我的手臂，"怎么又摔跤了啊？"

又摔跤？

我茫然地看着他，脑子里蓦地浮现下午的时候，我也是不知道怎么回事，就跟趔趄要摔倒，要不是当时陈浩眼疾手快，我大概已经摔下去了。

"我不知道，就是刚刚，腿好像忽然没有知觉，应该是走神了吧。"我抓着他的手，从地上站了起来。

刚刚那么用力地跪在地上，我的膝盖上有一丝刺痛传来，也不知道有没有磨破皮。

"走神？你啊，大二的人了，走路都不好好走。"陈浩把我扶起来，拍了拍我身上的树叶，"别再走神了啊，很危险的，你知不知道要不是我抓着你，你这一摔很容易滑下去，这大晚上的，找都找不到你。"

"嗯嗯，我一定不走神了。"我说，"走吧，快回去吧，我也被吓得半死。"

"下次小心一点儿。"他的声音软了些，但抓着我手腕的手更加用力了，像是害怕我再摔一跤。

我觉得他有点儿过于紧张了，因为我又不是刚刚学会走路的小孩，偶尔摔个跤而已，不用这么大惊小怪的。

"知道了，你真啰唆。"我嘀咕了一声。

"我这是关心你。"他不服气地回了一句。

我心中微微颤了一下。我忽然想起高三那年，有次我从楼梯上摔下来，我姐把我说了一通。我跟她顶嘴，她跟我说了一句："姐姐这是关心你才对你发脾气，小心点儿，走路都走不好。"

关心我吗？

我侧头看着他的侧脸，忍不住说了一声："谢谢，我会注意的。"

他没有再说话，带着我走回露营的地方。

他们果然已经煮好了吃的，面条的香气在空气里飘荡。因为晚餐只吃了一个面包，我现在觉得肚子好饿，觉得那面条看上去很好吃的样子。

"去哪里了啊？"宋颜正巧站在最外面，见我和陈浩走回来，视线落在我的脸上，目光有些意味深长。我这才发现陈浩还抓着我的手腕，我还披着陈浩的大衣。

我连忙甩开他的手，飞快地往前走了几步，我可不想让宋颜误会我和陈浩有什么不清不楚的关系，虽然我们彼此都明白，我们只是朋友，但别人可未必会这么认为。

陈浩慢吞吞地跟在我后面往前走。萧天时从帐篷里走出来，看到陈浩，笑着喊了陈浩一声："回来了，吃点儿面条吧，小染他们煮的，味道还不错。"

"你吃过了？"陈浩问萧天时，"竟然不等我，太不够哥们儿了。"

"你捡的干树枝呢？"萧天时微笑着看着陈浩。

我竖起耳朵注意听着他们两个人的对话，听到萧天时这么问陈浩，顿时有些好奇，他会怎么回答萧天时。

"走了这么远，没看到树枝，就闻到你们煮面的香味儿了。万一你们趁我不在，都吃光怎么办？所以我就带着江琳折回来了。"他说得十分理所当然，脸不红心不跳的，完全不像是在鬼扯。

萧天时也不跟他废话，只让他进去拿装面的饭盒出来。这个我倒是带了。我大概从网上查了一下要带的东西，所以除了夜里穿的大衣没带之外，其他基本都带齐了。

我从登山包里取出干净的饭盒，正巧这时陈浩也拿着饭盒走出来，此时很多人已经吃完了，除了几个正在吃的，剩下的基本都把饭盒洗干净收起来了。

这个大大的平台上，正巧有水流，这倒是方便很多。

陈浩接过我的饭盒，给我装了大半盒面，我也的确是饿了，丝毫不讲客气，接过来就吃。

正吃着，忽然觉得脸上一凉，我伸手摸了摸脸，却什么都没有，我以为是错觉，可跟着又一冷，我的注意力都移到了脸上。

"喂！"陈浩蓦地低喝了一声，我只觉得眼前一花，再看陈浩手里端着的饭盒有点儿眼熟。

我低头看了一眼，自己手上空荡荡的，什么都没有。

03

"你在想什么啊？东西都拿不稳。"陈浩皱着眉头，语气稍稍带着一丝责备，"拜托你靠点谱啊，面砸了不要紧，万一泼在衣服上，你穿什么啊？"

"啊，我刚刚走神了。"我接过饭盒放在膝盖上，"刚刚觉得脸上一冷，分神了。"

我正说到这里，就听见坐在外面一点儿的男生惊叫了一声："下雨了！怎么会下雨？天气预报明明说这两天都是晴天啊。"

"可能只是毛毛雨。"萧天时安抚大家，"没事的，吃完的都回帐篷里去吧，我们的帐篷是防雨的，天气预报没说有雨，可能是山里气温低，所以会下一点点小雨，等明天太阳出来就好了。大家晚上不要到处走，因为下雨，地会很滑，容易出事，等明天太阳出来晒一会儿，地面干了，我们再继续登山。"

"啊，这样岂不是看不了日出了？"有人哀号一声。

好多人都是冲着来黄山看日出参加这次登山活动的，现在大晚上的下起雨来，看日出就没戏了。

"就算不下雨，你也未必看得到日出。爬上黄山，也不是每次都能看到日出的。"萧天时笑着说，"下次有机会，我们找个更适合的天气来看日出。而且今天下雨，明天我们就可以看到黄山云海，这也是很难得的黄山一景。"

不得不说萧天时安抚人心的能力很强大，他这么一说，原本沮丧的社员们就重新打起了精神。日出换云海，倒也说得过去。

"多吃点儿，这样才拿得动自己的饭碗。"陈浩说着，舀了一勺面倒进我的饭盒里，由不得我说不。

我硬是全部吃完了，陈浩拉着我去那边的溪水处洗饭盒。

水源离得并不远，不过五分钟就走到了。我蹲下身，打算舀点儿水出来洗饭盒，这样就不用弄脏这一池清水。

可不知道是不是因为水太过冰冷，我一下子松开了饭盒，饭盒灌满了水，眼看就要沉下去，我连忙去抓，可不知怎的竟抓偏了。

我呆呆地看着饭盒没入水中，最后只剩下泛着一点儿浅光的水面，一点点地恢复平静。

是不是太累了？以至于一个空饭盒都抓不住？

"真好奇你是怎么长到这么大的。"陈浩无语地看着我，他找来一根足够长的树枝，伸进水中，帮我打捞我的饭盒，"可不能把饭盒留在水里，这一池清水不能弄脏。"

"对不起啊。"我顿时有些无措，"我也不知道怎么回事，可能是太累了，休息一晚上应该就好了。"

我伸手想拿过他手里的树枝，他却没让我拿："我来吧，你在边上看着就好。"

"好吧。"我退到一边，尽量不给他添乱。

"晚上一定要好好休息，你这身体素质真是……"他一边捞着饭盒，一边跟我说话，"你说说看，就今天，你都摔了两次了，明天下山一定要小心，下山摔跤可不是闹着玩儿的。"

"好啦好啦，我知道了。"我忍不住回应道，"我保证，明天一定不走神。"

正说着，陈浩把树枝抬起来，另一端正挑着我的饭盒。

我连忙将饭盒拿了过来，随便洗了洗，这次我牢牢地将饭盒抓在手上。

洗完饭盒，陈浩拉着我回到露营处。

因为我们登山部这次来参加登山活动的只有三个女生，所以我们三个女生分到了一个帐篷里。

我进帐篷的时候，陈小染正和宋颜在说着什么，我一进来，帐篷里立马安静了下来。

我完全不介意，我们三个人算是情敌关系，要是她们见了我开心，我反而要警惕一下她们是不是要联合起来整我呢。

我将饭盒塞回登山包，拿了口香糖放进嘴里嚼了嚼。在外面露营，不能讲究那么多，反正明天晚上就回学校了，到时候再好好洗个澡。

我打算换身睡衣，脱衣服的时候才发现，我身上还穿着陈浩的大衣。

他的衣服披在我身上，将我裹得严严实实的，甚至衣摆都快要拖地了。

"我去找天时。"陈小染忽然开口说，"我可能会回来得比较晚，你们不用等我，先休息吧。"

她说完，掀开帐篷走了出去，一时间，帐篷里只剩下我和宋颜两个人。

"我说，你真的喜欢天时吗？"宋颜盯着我刚刚脱下来的大衣，嘴角略带一丝讽刺的笑意，"我还第一次看到，有人嘴里说喜欢一个人，却转身又和别的男生走得那么近。"

"你误会了，我和陈浩是好朋友。"我很严肃地纠正她这种错误的认识，"朋友之间互相帮忙，这很正常吧。"

“反正都是你在说。”宋颜冷冷地说，“你自己心里清楚。”

“我当然清楚。”我觉得我有必要跟她说明白，否则要是她跑到萧天时面前胡说八道，我就怎么也说不清了，“你别恶意揣摩我和陈浩，我喜欢的人是萧天时，这点我清晰明白地告诉你。”

“呵。”她冷笑了一声，明显是不信的样子，“你跟我解释做什么？”

“不是你问我的吗？”这个人也太莫名其妙了，话题是她引出的，我回答了，又问我为什么跟她解释。

“是我问你。”她没有否认，“我只是劝你，好好看看自己的心意。”

“不劳你费心。”这话谁都能说，只有她宋颜没资格说，“你先想想你自己吧，你让我看看自己的心意，那么你自己的呢？”

“什么我自己？”她眼神一闪，移开视线，没有再逼视我的双眼。

“我们能直接一点儿吗？我实在不喜欢绕圈子。”我实在忍不住了，“宋颜，你其实是喜欢萧天时的吧？”

“你胡说！”她飞快地否认，快到像是根本没有去思考，条件反射地否认一样。

“我有没有胡说你自己最清楚，哦，或许你自己也不清楚，因为你习惯了自欺欺人。”

话说到这个地步，不说完也得说完了。

“你敢说你不喜欢萧天时？你不过是将自己放到好朋友的位置，别骗

自己了，连我都看出你的心情了，可见你伪装得多么失败。"

她一下子宛如泄了气的气球，失去了那股刺猬一般的斗志和敌意，整个人颓然塌了下去，像是肩膀终于扛不住那些事情，在瞬间垮了。

04

那之后，宋颜拒绝和我说哪怕一个字，她像一尾沉默的鱼，孤独地游在如水的夜里。

陈小染还没有回来，我躺在睡袋里，迷迷糊糊地睡到半夜的时候，我听见了一阵窸窸窣窣的声音。

我眯着眼睛扭头看去，就着一点点迷蒙的光，我看见宋颜套上了外套，沉默地走出了帐篷。

我忽然觉得有些尿意，便跟着起来了，披上外衣，从登山包里翻出手电筒，跟着宋颜走了出去。

可是出了帐篷，我发现我找不到宋颜了。

夜晚的山间静得可怕，只有风吹来时树叶之间摩擦发出的窃窃低语。

天空还在飘雨，细如丝的雨宛如松针一般，劈头盖脸地飘下来。我下意识地缩了缩脖子，夜风吹得人冷进骨子里。

我用手电筒四处照了照，可是仍然找不到宋颜的踪影。

这么短的时间，她去哪里了呢？

我心里忽然有些发毛，哆嗦着往前走，因为冷，尿意越发强烈。在山上露营，当然是没有洗手间的，通常都是走到比较深的山林里，就地解决。

我拿着手电筒，一边哆嗦一边祈祷快点儿遇到宋颜。我这人天不怕地不怕，就怕那些传说中不着边际的东西，比如鬼啊什么的。

"宋颜。"走了一段路，我终于忍不住喊了一声，"宋颜，你听得见我的声音吗？你在哪里啊？"

回答我的，只有簌簌的风声和一声鸟叫声，有小动物从地上蹿过去，惊起一阵奇异的响声。

我拿着手电筒继续往前走，这次我不敢喊出声来了，因为害怕惊动山里的动物。

好在这里不是罕无人烟的原始森林，不然我早就吓得半死了。

我打着手电筒，一步一步往前走，忽然看到远处也有手电筒的光。

是宋颜在那边吗？

不知道为什么，我关掉了电筒，朝有光的地方走去。

快要靠近的时候，我听到了一个警惕的声音："谁？是谁在那里？"

"呃？"

我愣住了，声音的主人不是宋颜，而是陈小染！

我站住了脚步，打开手电筒照过去，果然是陈小染。

她错愕地看着我，眼神有些狼狈慌乱，紧紧抿着嘴巴，像是有些难堪。

　　"你一个人在这里做什么？"我皱眉问她，"你不是去找萧天时了吗？怎么大晚上的不睡觉，一个人跑到这里来？"

　　"不用你管！"她咬牙切齿地说，"我乐意在这里，你管不着。"

　　"我当然管不着，我也不想管，我不过只是礼貌地问候一声。对了，你看到宋颜了吗？她刚刚跑出来，可是我一路过来都没有见到她。"我直视她的眼睛，淡淡地说，"这大晚上的，一个人出来还是很危险的，尤其是还在下雨，地面湿漉漉的，很滑。"

　　"宋颜不见了？"陈小染有些意外，像是没有料到我会把话题带到宋颜身上，"你是为了找宋颜才出来的？"

　　"我只是出来解决一下生理问题而已。"我耸耸肩回答，"好了，时间不早了，我要回去了，你回不回？"

　　"你走你的，不要管我。"她生硬地回答我，声音里有一丝不耐烦，"我跟你不熟。"

　　"那敢情好，我跟你也不熟。"我不甘示弱地回击了她。

　　我抓着手电筒转身就走，然而才往前走了一小步，我就跟跄了一下，我想抓住点什么避免自己摔跤，可是一时间身边竟然没有能够抓的东西。

　　我双腿用力想要稳住身体，可刚刚下过雨的山间，石头地面很湿滑，我无法稳住身形，倒是在慌乱之间，将手电筒甩了出去，同时，我一脚踩空，狼狈至极地滑下了坡面。

　　这里本身是山凹地形，我这一摔直接滑到了凹陷处，好在四处没有什么尖锐的东西，否则我这么摔下来，非得受伤流血不可。

不过现在也没好到哪里去，因为我发现我根本没有办法爬上去！

我仰头朝上看，陈小染惊呆了，整个人像石化了一般，目瞪口呆地看着我。

"帮帮忙。"

没办法，我只能向她求救，刚刚跑出来，我没有带手机，这大半夜的也不会有人跑到这里来，除了此时站在我面前的陈小染。

她终于回过神来，冷冷地看着我，淡淡地说："抱歉，我也帮不了你。"

她说完转身就要走，我急了，大声喊住她："你不能走，陈小染，你不能见死不救啊，我们是情敌，但我们不是死敌啊。"

"别把我想得那么糟糕。"她近乎咬牙切齿地说，"我去喊人来帮你。"

"好吧，这样的话，的确是我把你想得太坏了。"我说。

她冷哼了一声，这次没有停留，转身就走了。

我往后退了一步，躲入山坳里天然形成的洞穴里。那一阵心悸的感觉过去，我才松了一口气。

我这是怎么了，怎么走个路都走不好。

我记得三年前，我也很容易摔跤，有时候走着走着莫名其妙就摔倒了。后来我爸妈带我去医院做了个检查。他们在检查结果出来后告诉我，我只是太疲惫了，没什么大碍，不过从那之后，我就开始每月一次体检。

已经很久没有这么容易摔跤了，是不是因为知道要来登山，所以太过

亢奋，以至于睡眠严重不足导致的呢？

我下意识地摸了摸自己的双腿，然后再捏了捏自己的双手，感觉到四肢还是我的，我的心莫名安定下来。

四处恢复了宁静，会是谁来救我呢？

我最怕黑了，一个人待在黑暗中，总觉得心里有个角落空荡荡的，一点点风吹草动，都能让我受惊。

我闭上眼睛，回想与萧天时第一次遇见的场景。

也是黑夜，也是雨夜，萧天时，这次你还会不会像那时候，携着一身水墨泼就的雅致出现在我面前，将我带离黑暗风雨呢？

会来吗？

我双手紧紧地扣在一起，心里紧张起来，紧张得我忍不住颤抖，心脏一缩一缩的，心悸怎么样都无法停止。

忽然，一道光映入我的眼中。我心里一喜，来了吗？

光越来越近，近到我能够听见脚步声了，跟着手电筒的光就笔直落入我的眼睛里。

我下意识地抬手去挡，然而我不想移开视线。

我看见那个人高高瘦瘦的，藏在黑暗中，我看不真切。

是谁？

是萧天时吗？

还是……别的人？

05

"你傻了吗？"熟悉的声音传入耳中，跟着我看见陈浩的脸出现在手电筒的光线里，他的眉目被光晕染开来，玉样温润的脸上，神色却是肃然的，他目光凌厉，皱着眉头盯牢了我，"大半夜不睡觉，你跑到这里来看风景吗？"

不是萧天时，我心里说不上来是高兴还是失落，或者两种都有。

"说话啊。"他见我不说话，语气严厉了些，"摔得话都不会说了吗？"

"呃，是不知道说什么。"我低下头去，躲开手电筒的强光，因为刚刚直视手电筒的缘故，眼前都在冒星星，"这是个意外。"

他将手电筒放在地上，蹲下身来，衡量了一下凹下去的地方与地面的距离。

差不多两米高的样子，其实要不是滑坡处湿滑，我应该能够爬上去的，可惜下面没有落脚点，我只能困在这里。

"等下把手给我，我拉你上来。"他说着，单膝跪在了地上。我正好奇他要做什么，就见他整个人趴在了地上，也不管地面上湿漉漉的，泥沙混合着落叶会弄脏他的衣服："来。"

我仰着头，呆呆地看着他的脸，手电筒的光将他的侧脸照得很清晰，

可我无法看见他眼里究竟是怎样的神色。

"会弄脏啊。"我喃喃地说了这么一句话，"这样，会弄脏衣服的吧。"

"闭嘴。"他声音里隐着一丝怒气，仍然将手朝下伸着。

手电筒光下，如丝的雨花被晕开，仿佛细碎的光影在他掌心凝结，他的手，修长干净，白皙圆润，一动不动落在我眼前。仿佛是那一夜，瓢泼大雨里，萧天时摊开在我眼前的那只手。

我失神地将手递了过去，直到手被他用力握紧，我才从恍惚中回过神来。

这不是萧天时，因为他不会用这样的力度握住我的手。

是那样用力，用力到我都感觉到了疼痛。

"我拉你上来。"他低沉的声音有些沙哑，也不知是不是因为趴在地上的缘故。

于是一阵更大的拉力朝我袭来，他拉着我的一只手，将我拉离了地面，我另一只手攀在石壁上，摸到一把湿冷的叶子。

这个时候我无比庆幸我的瘦小，要是像陈小染和宋颜那样，他就没有办法用这种方式将我从下面拉上去了吧。

他将我拽到半空，我贴着石壁，感觉到透心的冷意隔着衣服沁入皮肤里。

他这样趴在湿冷的地上，一定比我更冷吧。

我仰着头看着他的脸，因为越来越近，我能更清晰地看到他的脸，那双桃花眼，藏在黑暗中闪烁不明。

终于更近了。他另一只手一把扣住我的腰，抓住我手的那只手猛地一用力，我的头已经到了地面以上的位置。

"喂。"我忍不住开了口。

"嗯？"他侧过头来看我。

当他温润柔软的唇擦过我的侧脸时，我和他同时怔住了，宛如触电一般，我的心脏猛地一缩，瞪大眼睛望着他。

手电筒的白光下，他的眼眸清透宛如水晶，他红润柔软的唇轻轻抿着，如此之近，就在我触手可及的地方，稍稍靠近一点点，我就能吻到他。

像是时间忽然停止了，我们谁也没有说话。

刚刚那个，算是吻吗？

"只是个意外。"当"吻"这个字眼浮上心头时，我慌忙开口说，"那个……那个我们快起来吧。"

"意外吗？"他盯着我的眼睛，眼底有一丝我看不懂的东西越发浓烈。

他蓦地靠近我，在我额头上印下一个吻，我本能地想逃开，可他死死扣着我的腰，抓着我手的那只手越发用力了。

"这次不是意外。"他低沉的声音让他看上去全然换了一个人，陌生的感觉再次浮上我的心头。

他是陈浩吗？是那个总是微笑对我，在我面前没个正形，但其实骨子

里很冷漠的陈浩吗？

为什么如此陌生？陌生到我都快认不出他来了呢？

猝不及防，嘴里一阵苦涩，眼睛里有什么东西顺着眼眶滑落了。

他目光猛地一颤，唇紧紧抿着，抿成倔强的弧度。他搂着我的腰，将我从半空提到地面上。我趴在地上，想要爬起来，但他刚刚松开的手，蓦地又抓紧了。

我惊得回头看他，他紧紧扣着我的手腕，翻了个身看着我，他的脸在光与影交叠的手电筒光下，冷得像是雕像一样。

他在生气吗？

他在生气吧！

我有这样的直觉，他朝我俯下身来，脸离我的脸不到三厘米的距离。

如此的近，我可以看清他的每一根睫毛，看清他瞳孔里映着的惊慌失措的我自己。

"陈浩。"我有些口干舌燥，生涩地开口喊他，"你要干什么？"

"你觉得呢？"褪去了戏谑外衣的陈浩，看上去像个恶魔一般，冷冰冰的，像一具绝美的雕像。

"我……"面对这样的陈浩，我忽然不知道要说些什么，因为我从未见过他这个样子，让我有些害怕，让我觉得陌生。

"我说小不点儿，你也太没有危机感了吧？你好像从来都没有觉得我是个正常的男生。现在你看清楚了吗？我不是你的姐妹，我是可以伤害你的男生。"他贴在我耳边，冷冷地说。

他的呼吸喷在我脸上，我的心脏颤动不已，害怕他的唇触碰到我的脸。

他却像是故意要捉弄我，让我的认知更加深刻，他根本没有刻意让他的唇远离我的脸，甚至还恶作剧似的，故意亲了我一下。

这一次，不是亲在额头，不是亲在脸颊，他的唇，落在了我的唇畔。

我的脑中轰然一阵巨响，震得我四肢发麻，脑中一片空白，思绪完全无法集中。

直到他站起来拍了拍身上的叶子，直到他一把将我抓起来，帮我抖落身上的枯叶，我还没回过神来。

"当作弄脏我衣服、扰我清梦的回礼，这个吻我收下了。"他说完，用力抓着我的手臂，也不管我现在是什么样的心情，拖着我就往前走。

这一刹那，也不知从哪里来的力量，我用力甩开了他的手，站在原地不肯往前走。

我伸手轻轻触碰自己的唇，仿佛还能感觉那个吻的温度。

眼泪怎么都停不下来，我低下头，用手背按住眼睛。

这是我的初吻，我小心珍藏地想要留给我爱的人的。

太过分了啊！

"再也不要理你了。"我颤着声音说，"最讨厌你了！"

他后背猛地一僵，却没有回头，只是冷冷地说："如果这样，可以让你不再将我当成好姐妹的话，尽管讨厌我吧。"

他转身将手电筒塞在我的手里，用力捏了捏我的手，然后，他不再停

留，一步一步走出我的视线，留下我抓着手电筒，像个冰雕一样站在原地。

心里忽然变得很乱。

智 者 与 傻 瓜 05 第五章
CHAPTER

ARE BLOOMING AS ME

在黑暗来临前关上灯远行，在朝霞破晓而出时与你道别。那年柳绿桃红，你自满山烟雨弥漫的时节走来，在雾霭丛生的昨日虔诚叩拜，仿佛这样就能找回弄丢的那个女孩，却不知道，那个浅笑如花的少女，已在第一只黄鹂鸟歌唱时，就沉睡于彼岸花肆意盛放的海角。

01

一切，好像变得不对劲了。

从那天深夜寂冷的山坳里那个满怀恶意的吻开始。

明明是我满怀希望可以与萧天时增加感情的黄山之行，最后却用那种方式黯然收场。

我和萧天时没有亲近半分，原本被我视为幸运星、好朋友的陈浩，忽然之间像是变了一个人一样。

难道他在我面前一直都戴着一张戏谑的面具吗？而那天，他并不是变了一个人，只是将戴在脸上的那张面具揭下来而已。

他说，他对无趣的人，从来产生不了交谈的兴致。

是不是那天笨手笨脚，总是让他心惊胆战的我，终于变成了无趣的人，变成了麻烦，所以他已经不屑于在我面前伪装？

真恶劣，真可恶。

我趴在桌子上，将脸埋进臂弯里。讲台上，教授在讲些什么，我全都听不进去。

一直以来我的自愈能力都很强大，无论受到什么样的打击，我总能缓过劲儿来，可是一想到陈浩，我就觉得胸闷。

这种胸闷的感觉，从第二天从黄山上下来后，就没有消失过。

而陈浩，好像一下子不认识我了，看见我也不会再跑来跟我说话，不会再对我笑，不会再喊我小不点儿，不会嘲笑我个子矮，像个未成年的孩子。

为什么呢？

仿佛昨天他还围在我身边，我走到哪里都可以轻而易举地偶遇他。可是现在，我几乎一整天都看不到他。这种感觉糟糕透了，仿佛一夜之间失去全部，我却不知道理由。是因为我说他是好姐妹吗？可那只是一句玩笑话，他怎么会在意一句玩笑话？

他说白头如新，倾盖如故，明明那时候我们还能侃侃而谈，为什么他一转身，就变成了陌生人？

这比我看到萧天时跟陈小染接吻还让我沮丧，还让我难过。

我们是朋友，不是吗？

从未靠近过，与靠近了再忽然远离相比，还是后者更伤人。

我未曾接近过萧天时，可我和陈浩做过朋友，这就像一团棉絮，紧紧堵在我嗓子口，那些气闷的情绪压抑在心里，始终挥之不去。

"今天周三，下午社团活动你又能见到萧天时了，真好。"课程结束，苏沁在我耳边用略带羡慕的语气跟我说，"江琳，你怎么一副闷闷不乐的样子？你难道不期待见到你的他？"

"期待。"连我自己都觉察出，我的回答有多敷衍。

"怎么回事？"她将我从桌上拽起来，强迫我直视她的脸，她窥探似的目光笔直看进我的眼底，像要将我隐藏于心底最深处的秘密都看破。

"没什么。"我对她露出一个灿烂的笑容。

"别笑了，明明眼睛里没有笑容。"她松开手，动手收拾桌上的书本，"去了一次黄山，不是应该和萧天时增进感情了吗？难道不顺利？"

岂止是不顺利，简直是糟糕透了！

我很想对她倾吐一肚子的心事，但话到嘴边，又无从说起。

我怎能告诉她，让我如此烦恼的，不是萧天时，而是陈浩？

本来去黄山，是为了和萧天时近距离接触，让他了解我，让他接受我，可最后，不但没能靠近萧天时，反倒多了一些烦心事。

"也没有不顺利，我没事，就是有点儿累，不太想动。"我说。

苏沁没有继续问我，她已经收拾好了东西，现在是上午第四节课，下午没课，是社团时间，不需要急着去吃饭。

我慢吞吞地将东西收拾好，这才和苏沁一起回了寝室。

午饭我随便啃了个面包就算对付过去了，苏沁已经去社团教室集合了，我在寝室里转了好几圈，很想不去社团，然而正在这时，手机却响了起来。

我拿起来看了一眼，是个陌生号码，会是谁给我打电话？

我接听，一个熟悉的女声传入了我的耳朵里："江琳，下午是社团时间，你不会忘记吧？"

是陈小染。

"你怎么会有我的手机号码？"我很困扰，我不记得我给过她我的手机号码。

"社团里每个人的手机号码我都有。"陈小染淡淡地说，"要知道你的简直太容易了。"

"你为什么特意提醒我去社团？"我才不相信她有这么好心，她一定有什么阴谋。就像她故意来邀请我加入登山社，不过是不想自己对付我，而是把我推到宋颜面前，让宋颜来收拾我。

"怎么？你不是信誓旦旦地表示，一定会成为萧天时的朋友吗？这才加入登山社第二个星期，就打退堂鼓了吗？你的喜欢，也不过如此啊！"陈小染冷冷地说道，"不来最好，我正好帮你办理退社。"

"谁说我不去！"我顿时怒了，"我马上就到，你不要多事！"

"我不过是通知你一声而已。"她声音里有一丝得意，"对了，那天晚上我通知萧天时和陈浩去救你，你都不感谢我吗？"

我愣了一下，一时间没反应过来。

她的话题怎么转移到那件事情上去了？

"你告诉了萧天时？"我下意识地问。

"是啊，怎么？他没找到你吗？"陈小染哼笑道，"那么那天拉你上来的人是陈浩？"

"不用你管！"我的心脏莫名收缩了一下。

我挂断了电话，平复了一下浮躁的心情。

陈小染为什么忽然提起那件事？

我想起那个晚上来救我的陈浩像是换了一个人似的，会不会是陈小染做了什么？

这个念头一浮上来，我就连忙摇了摇头，将这个念头驱逐出了脑海。

怎么想都想不明白，我决定到了社团后，直接去问陈小染那天晚上的事情。

锁好寝室门，我把随手拿的一条围巾围在脖子上。

从我们寝室走到社团教室，大概要十几分钟，还是有段距离的。秋已深沉，满树的梧桐叶子早就落尽了，那飞舞的絮状物也终于消失了。

我乍然想起那天，絮状物飞舞的时节里，我因为过敏而剧烈地咳嗽着，陈浩得知后迈开大步带我离开。

我顿时有些懊恼，怎么又想起那个莫名其妙的家伙了？

从大路拐到小路上，那里是一片竹林，就算是冬天，竹叶也不会枯黄，始终青翠。

这时，有人迎面朝我走来。

我抬起头看了一眼，跟着便愣住了。我下意识地放缓了脚步，用眼睛的余光看着那个人。

他瘦高的身上套着一件宽大的黑色大衣，脸庞被黑衬得越发白皙，在苍白的日光下，那白近乎透明。

他显然也看到了我，我看到他的目光颤动了一下，但脚步没有停，像是路过一道空气一般，擦过我的肩膀，直接走了过去。

我站在了原地，强迫自己不要回头，反正回头了，也只能看到他清冷的背影而已。他曾给过我灿烂的微笑，将我与其他人区别开来，于是我便放肆地以为自己有多与众不同。

却不知道，他给予的，同样可以收回去，甚至连个理由都不用给我。

我强忍着喊他的冲动，用力咬紧牙关不出声。

为什么他不理我，我会这样难过？

02

我在原地站了很久，最终还是回头看了一眼。

身后站着一个人，那个人悄无声息地站在我身后，吓了我一跳。

站在我身后的人是宋颜。

她在原地站了多久了？

她是什么时候出现在我身后的？

怎么跟幽灵一样没有声音？

她见我回头发现了她，目光闪了闪，对我露出一个讽刺的笑容，说："你现在知道真正的陈浩是什么样的了吗？"

我沉默着不说话，低下头盯着自己的脚尖。

"我有没有告诉你，他是比天时更冷漠的人？天时这家伙就是太温柔了，对谁都能报以微笑，他应该学学陈浩，这样就没有这么多蝴蝶、蜜蜂之类的围在身边转了。"宋颜低声说，"江琳，你和我们不是一个世界的人，我劝你放弃吧！早日回到自己的世界，找一个适合你的男生谈场恋爱，把这些天以来的事情全部忘记。"

"为什么要跟我说这些？"我抬起头望着她，企图从她脸上看出蛛丝马迹，"你是来看我笑话的吗？"

我想起那天在黄山脚下，我信誓旦旦地告诉她，我和陈浩是朋友。

她告诉我，陈浩不过是在逗我玩。

那时候她就警告过我，提醒过我的。

可是我太自信，以至于这么快就让人看了笑话。

"我没有想看你笑话。"她淡淡地说，"我只是实话实说。"

"你是不是知道什么？"我走上前揪住她问，"你知道什么就告诉我好不好？我不喜欢这种什么都不知道的感觉，真的糟糕透了。"

"你为什么认为我会告诉你？"她皱了皱眉，"江琳，有时候我真不知道，你到底是聪明还是愚蠢？"

"所以，你是知道什么的吧？"我捕捉到她话里有话，反问她，"陈浩会忽然变成这样，是有原因的对不对？并不是你跟我说的，他只是逗我玩才跟我成为朋友的。"

她眼神闪烁了一下。我心里一喜，猜对了！

"对不起，我没有什么要告诉你的。"她语气蓦地一冷，拍开我的手，大步往前走去。

我一咬牙追了上去，我决定了，在她告诉我之前，我要贴身跟随她！

在我眼里，宋颜和陈小染是不一样的。

我喜欢宋颜，尽管她是我的情敌，尽管她不喜欢我，还老打击我。

我追着宋颜进了社团教室，她找到签到本子，签下名字。我跟在她后面签好名字，在她边上的空位上坐下。

她侧过头不看我，我毫不在意，反正我有足够的耐心，一定能坚持到她告诉我，那天到底发生了什么事情。

"江琳，你来了啊。"陈小染从外面走进来，见我坐在宋颜身边，神色有些诧异，她甚至多看了宋颜一眼，然后才将视线重新放在我身上，"咦，今天怎么没有和陈浩一起啊？你们不是一向形影不离？"

"你是不是有点儿多管闲事了？"我越发不喜欢陈小染，我不喜欢这种两面三刀的女生，"我和陈浩怎样，关你什么事？"

"你不想知道点儿什么吗？"她意味深长地看着我，"来拜托我，或许我会愿意告诉你呢。"

"不必！"这一刻，我决定打死不问陈小染，她也许会告诉我，但她绝对会提条件的。

"希望你坚持。"她说完，转身走开了。

"你那么想知道，为什么不让她告诉你？"宋颜声音里带着一丝困惑，眼神有些迷茫。

我耸耸肩说："因为我想从你这里得到真相，我不喜欢陈小染。"

宋颜忽地笑了起来："你难道不知道，我和小染是从小一起长大的好朋友，你在我面前说不喜欢小染，你觉得我会高兴？"

"你高不高兴都与我无关。"我不觉得我必须讨宋颜欢心，"我只是实话实说而已，而且我一点儿都不觉得你和她是好朋友。"

"你以为你知道什么？"宋颜的脸色顿时冷了下来，她偏开头不再理我。

她真是个喜怒无常、让人捉摸不透的女生。

我正感叹着，手机响了起来，我抓起来一看，顿时激动地站了起来。

给我打电话的人，竟然是萧天时！他居然主动给我打电话了，明明上次我打电话找他，他还不知道我是谁呢。

我飞快地接通电话。

"江琳吗？"电话里传来他温和的声音，"上次去黄山你帮忙拍的照片，可以拷贝一份给我吗？"

"可以可以，当然可以。"我赶紧答应道。

当时我以为他只是跟我说着玩的，没想到他还真把拍照的事记在心上了。登山回来，我回寝室就把相机里的照片都拷贝到了电脑里，从头到尾看了一遍，确实照得很不错。可能是因为黄山的风景太美了，所以怎么拍都好看。他现在要的话，我只需要跑回寝室，把电脑里的照片拷贝到U盘里就好了。

"你待会儿会来社团活动教室吗？我现在就回寝室拿给你？"

"我现在在学校摄影部，在冲洗其他相机里的活动照片，所以想到了你的相机里还有一些照片，你能现在就拿来给我吗？我在这里等你。"他说着，又补充了一句，"不会太麻烦你吧？要是不方便的话，就下次再单独洗好了。"

"不会不会，别跟我这么客气，我现在就回寝室拿，然后给你送过去。"说完，我就挂断了电话。

我站起来往外走，陈小染看着我，脸色有些不太好看。大概她猜出来刚刚是谁给我打电话了。

我飞快地跑回寝室，想快点儿拿到照片，给萧天时送过去。

这么多天以来郁闷的心情，终于一扫而空。此时的我，看着外面的天空都觉得格外蓝，空气里的冷都淡了几分。

可就在我无比雀跃的时候，膝盖忽然失去知觉，我迈不开脚步，因为奔跑，重心向前，这么一来，我笔直地摔在了地上，而且还是膝盖着地，在地上滑了两步远的距离。

当钻心的疼袭来，我才意识到我刚刚摔跤了。

这一跤摔得结结实实，疼得我一时半会儿站不起来。

我回想了一下刚刚发生了什么，怎么会摔得这么惨，可是脑海里像是独独少了这几秒钟的记忆，奔跑，摔倒，这就是全部。

　　我伸手撑着地面，刚刚是脸朝下摔倒的，脸颊被柏油路面蹭到了，火辣辣的疼。

　　我仰起头，突然，一双纯白运动鞋映入眼帘，很近，离我不过两步之遥。

　　我心里"咯噔"一下，视线往上看去，是一个个子很高的少年，一身衣裤都是白色的，干净得像是用新落的雪雕琢而成的雪人，晶莹剔透。

　　我顿时下意识地"啊"了一声，因为我看到了他的脸。

　　无论第几次看到他，我都永远只能想到"芝兰玉树"这四个字。

　　他居高临下地看着我，一双琉璃样的眸子里像是蒙着一层水雾，阳光照进去，折射出清润的光。

　　他的眼神中带着一丝惊讶，再从惊讶衍生出很多复杂的情绪，最后这些情绪混合在一起，变成微微的鄙夷。

　　"这么久不见，江琳，你还真是一点儿都没有变啊，连吸引我注意的方式都没有变呢。"清润的声音柔柔地散在寒冷的风里。

　　我原本稍稍轻快了一些的心情，在这一瞬间，又一次被大石头压住了。

　　03

　　十七岁那年，我疯狂地喜欢过一个男生。

智 者 与 傻 瓜

我们高中坐落在琼花肆意的城市里，我第一次见到他，他也是一身纯白衣裤站在一树盛放如雪的琼花树下，飞花从他面前滑落，像是更加轻柔了几分。

那天，刚好从回廊走过、抱着一堆作业本的我，不经意地朝廊外看去。就是那一眼，我忽然明白了，"立如芝兰玉树，笑如朗月入怀"说的是什么样的少年。

他倚着树干，翻看着一本书。我站在走廊里，贪看他的脸。

直到稀稀拉拉的声音传入我的耳中，少年闻声扭头看过来，我才知道，因为看得太过入神，我抱在手里的作业本散落了一地。

我连忙蹲下身捡，手忙脚乱的我，捡起一本又落下去两本。那个少年看在眼里，便走过来蹲在我面前，帮我捡起散落一地的本子。

将本子递给我的时候，他的手不小心触碰到了我的手，那一刹那，像是有强力电流击中了我，于是从那一天开始，我的心里就一直装着这么一个人。

那时的我不懂得矜持为何物，在他将本子递给我的时候，我就顺势拉住了他的手，并且在他发愣的时候告诉他，我江琳，一定要追到他当我的朋友。

也是从那一天开始，他见了我就跟见了鬼一样躲避。高考一结束，他就迫不及待地登上了飞机，逃到了大洋彼岸。

我以为这辈子我都不会有机会再见到他了。

"怎么不说话？"他像第一次与我见面时一样，在我面前蹲下来。

他好整以暇地看着我，没有想要扶我一把的打算。

我也不指望他扶我。

我双手撑着地面，缓缓地爬起来坐在地上，将裤腿撸上去，两个膝盖果然都蹭破了皮，看上去血肉模糊，有点儿恐怖。

"做戏不用做这么真吧。"他说着，伸手要来扶我。

我拍掉他的手，淡淡地看了他一眼，一点儿都不想跟他说话。

我站起来，打算先去医务室，让校医帮我包扎一下膝盖还有手肘，脸上蹭破皮的地方也要稍微消毒清洗一下才行。

我想了想，从口袋里掏出手机，给萧天时打了一个电话，告诉他我摔了一跤，照片可能要晚点才能给他送过去。

"转性了吗？还是这又是吸引我注意力的新方式？"我以为他已经走了，没想到他还站在原地。

"你想多了。"我说，"不用在意我，刚刚摔倒在你面前只是个巧合。再说，你都出国了，我怎么可能知道你在这里？又怎么能计算得这么好，特地摔在你面前呢？"

他皱起眉头，眼底是狐疑的光，显然不相信我说的话。

我只能暗自叹了一口气。

不过我倒是有点儿好奇，他怎么会出现在我们学校？他不是在国外念大学吗？难道是来我们学校找人的？

我回头看了他一眼，本想问他，但看到他一脸似笑非笑的表情时，我顿时将疑问吞回了肚子里。他本就觉得我是故意摔在他面前，想引起他注意的，我这个时候开口问他，万一他误会我对他不死心，那就不好了。

想到这里，我决定不理会他，我去我的医务室，他走他的路，我就当没遇到过他，他也不用担心我会继续缠着他。

我没有回头，朝医务室走，走到拐角处，我眼睛的余光瞥见一抹白，他慢悠悠地散步似的跟在我身后。

我吓得赶紧停住脚步，转身，那家伙还跟在我后面，一副有路大家走的架势。

"洛苏同学，你为什么要跟着我？"我终于忍不住叫出了他的名字，这个曾经让我记挂了三年的名字，现在念出来，好像也没有想象中那么难受。

他冷冷地看着我，嘴角挂着一丝嘲讽似的笑意："谁规定这条路只有你能走？我正好也走这个方向。江琳，你自我感觉未免太良好了吧？"

"好吧，是我自作多情了。"既然他这么说，我也不好再说什么。只是当我走进医务室的时候，洛苏也跟着走了进来。

我决定当他是空气，无视他。

一年多未见到他，我发现我已经不了解他是怎样的人了。以前他可是见了我就躲，尾随这种事，只有我对他做，他是从来不屑多看我一眼的。

校医让我坐在凳子上，取来碘酒和纱布准备替我处理伤口。

看到我膝盖的时候，他皱了一下眉，问我："怎么摔成这样的？"

"不知道，就忽然双腿没知觉，然后迈不开步子，等反应过来的时候，已经摔在地上了。"我解释了一遍。

校医听了我说的话，又帮我量了体温，看我是不是因为发烧导致的四肢无力。

但是体温计显示温度是正常的。

"她缺根筋，摔一跤也是正常的吧？"正当我和医生在讨论为什么我会无缘无故摔跤的时候，洛苏冷不丁地开了口。

我都差点忘记这么一号人了。

"也可能是我走神了。"我没理他，继续跟校医说话，"应该不是什么大问题。"

摔跤是常有的事情，的确不是什么大问题，校医帮我把膝盖和手肘的伤都处理了一下，最后才帮我用清水洗了脸颊上蹭伤的地方。

好在脸上的蹭伤不太严重，不然用纱布贴着就太有碍观瞻了。

用校园通卡付了医药费，我这才走出医务室。

进入冬天，白天的时间就越来越短，才下午五点多，太阳就迫不及待地奔向地平线了。

"你打算无视我多久？"洛苏的声音懒懒的，带着些冷意在我身后响起，"如果是想引起我的注意，你成功了。"

我停住脚步，好一会儿才缓过神来，说："我真没想引起你的注意，洛苏，我承认我曾经喜欢过你，喜欢到那时候我以为自己追不到你就会心痛得死去。但是人都有做错事的时候，你得原谅我曾经对你做的那些错事。"我抬起头看着他的脸。

他神色怔怔的，目光分不清是喜还是悲。

"人嘛，活着都是要往前看的，我不是那种在一棵树上吊死的人，对你的喜欢已经在机场结束了。"

"你绝对要放心。"我又补充了几句，"我在那时候就有了这辈子都不再出现在你视线范围之内的觉悟。我江琳向来敢爱敢恨，喜欢就是喜欢，不喜欢就是不喜欢，不会伪装自己。"

"这么说，你现在已经不喜欢我了？"他挑高一边眉毛问我，语气也没有多喜悦。

我点点头："原本不确定，不过现在再次遇见你，我确定我已经不喜欢你了，你现在可以放心了吗？"

我盯着他的眼睛，本以为他会松一口气，没想到他脸色蓦地一冷，看着我，冷冷地说："原来你江琳也不过如此。"说完，他转身就走开了，留下我一头雾水独自站在原地。

04

"原来你江琳也不过如此。"

这句话在我脑海中盘旋着，始终挥之不去。

是啊，以前的江琳那么勇敢无畏，为什么现在的江琳却这么畏畏缩缩了呢？

大概今天晚上我注定要失眠了。

辗转反侧后，我抓起手机，连上网络，登录QQ。

登山社的群里永远那么热闹，我点开群成员，找到陈浩的QQ。以前，我一直没有加他为好友，我们聊什么都是从群里找对方，然后开始对话。

我下意识地用指尖轻触屏幕，给他发了一个好友申请。

我想，我应该找回曾经那个勇敢的自己。

喜欢一个人就去追，有什么困扰的事情，就直截了当地去问，去弄清楚。

这些天，陈浩的突然转变一直让我很困扰，甚至让我没有心情去追着萧天时，因为一静下心来，脑海里就浮现出他冷漠的背影，还有他最后跟我说的那句："尽管讨厌我吧！"

好友申请很快得到了回应，没有被通过，他拒绝了我的好友申请。

陈浩并不知道我的QQ号是多少，所以他应该不是故意拒绝我的。

我再次申请添加好友，这次我在验证消息里填上了四个字："我是江琳。"

这一次，申请迟迟得不到回应。手心浮起一层细密的汗珠，我竟然有些紧张。紧张什么呢？害怕他不接受我的好友申请吗？

可是我江琳什么时候脆弱到一个好友申请被驳回都觉得失落的地步了？

像是过了一段极为漫长的时光，验证消息终于得到了回应，我的心蓦地提了起来，他会拒绝吗？

我惴惴不安地点开验证，是申请通过的消息。

心一下子归了位，我点开聊天框，输入一个微笑的表情，发了过去。

他回了我一个鄙视的眼神，明明只是一个虚拟的表情图而已，可我脑海中已经浮现出他对我做出那个表情的模样了。

忍不住，嘴角就上扬了。

我对他说："天气冷了呢。"

"是啊。"他无关痛痒地回复我。

我并不气馁，至少他没有拒绝回答，这就说明，在他眼里，我和其他人是不一样的。如果是有什么误解在其中，那么解开这个误会就好了！

"今天的大衣很帅呢。"我说。

他回给我一个微笑的表情，外带两个字："谢谢。"

真不可爱。我突然很怀念那个笑起来十分灿烂、有点儿话痨、总是带给我勇气与幸运的陈浩。

"我拍了很多登山时候的照片，你要不要看？"我继续找着话题跟他说话，哪怕他能用简单的两个字就把我的下文堵死。

"不用。"他拒绝得很干脆。

"有你的照片哦。"我不打算放过这个话题，因为我与他之间出问题，就是在那一天。

解决问题的前提是发现问题。我连到底哪里出了错都不知道，更何谈去解决？

只有将话题扯到登山那天，我才有可能找出问题的症结所在。

"没有别的话要说了吗？你在没话找话？"这一次，他终于不再用两

个字回复我。

不知怎的，一种淡淡的委屈瞬间就浮上了心头。我根本不知道自己到底做错了什么，好像全世界都知道答案，只有我，只有我连出题人出的题目都不知道。

"我才不是没话找话，我只是想和你多说说话。"我咬着嘴唇，缩在被窝里。

当我把这句话发送过去的时候，眼睛猛地一阵酸疼。

我用力眨了眨眼睛，想把那突如其来的泪意憋回去。

哭什么哭？我江琳可是从来不会轻易哭泣的！

就算是一年前在机场，听洛苏说出那种话，我也强忍着没有哭。

可是面对陈浩，在那冰冷雨夜里，我已经不争气地哭了一次。

这一次，怎么也不可以哭。

可是就算我再怎么强迫自己不要哭，眼睛还是模糊起来，甚至连手机屏幕上的字都看不清楚了。

又是长久的沉默，也不知他是没有看到，还是不想回答我。

"说好的白头如新，倾盖如故呢？"我伸出手背，擦掉蒙住眼睛的水雾。

还是没有消息回过来，我放下手机，睁大眼睛看着黑暗。

好一会儿，手机传来轻微的颤动声，我连忙拿起来看，他终于回复我了。

"你会在意吗？我不理你，我无视你，我不和你说话，会让你在意吗？"

我的指尖飞快地在屏幕上跳动。

我说："在意啊，很在意。"

"为什么？"他问我。

"因为我们是倾盖如故的朋友啊。"眼泪还是没能忍住，顺着眼角滑落，"陈浩，把那个总是笑着跟我说话、喜欢拍我的头、给我勇气和幸运的陈浩，还给我吧。"

哪怕我讨厌别人摸我的头。

哪怕你说我是你不可能喜欢的孩子。

哪怕你面对我的时候，不过是在伪装。

但——

"请还给我，微笑的陈浩。"

他没有再说话。我握着手机一直等到他的头像暗下去，等到第二天，天边泛起鱼肚白，他都没有回复我。

我失眠了，第一次睁着眼睛等天亮。

苏沁看到我布满血丝的眼睛以及眼睛下面大大的黑眼圈时，一脸不可思议地看着我，惊呼道："哇，你昨晚干什么去了？"

"没有，摔跤摔得膝盖疼，疼得我一夜没睡着。"我说了谎。

我怎么能告诉她，我为了等一条QQ消息，等了一整夜？

"对了，你和你的萧天时怎么样了？有没有进展啊？"苏沁几乎天天要问我一次这个问题，"照理说，你加入登山社，这是近水楼台先得月

啊。"

"陈小染也在登山社啊!"我不得不戳破她的美好幻想,"而且他们还是青梅竹马。加入登山社,不等于就有接近萧天时的机会。"

"咦?"苏沁狐疑地看了我一眼,"不对劲,江琳,你的斗志呢?那天你对萧天时那么霸气地告白,连我都听得热血澎湃,怎么没过几天,你就没斗志了啊?这不行,你得加把劲啊。"

原来我的沮丧这么明显吗?连苏沁都看出我的不对劲了。

陈浩已经渗透进我的生活了吗?

我有些心不在焉。不只是苏沁,连我自己都觉得我很不对劲。从来没有人可以影响我到这个地步,就算他是倾盖如故的朋友,也不可能。

"江琳?"苏沁伸手在我眼前晃了晃,"喂,江琳,你别吓我啊,你说话啊。"

"哦,刚刚走神了。"我收回飘走的思绪,对着苏沁笑了笑,"走吧,我们去食堂吃早餐吧,喝一碗热豆浆,然后去上课。"

"好。我说,你到底怎么回事啊?跟我说话你都走神。"她不满地嘀咕着。

"下次绝对不会了!"我安抚她,在答应请她吃一个茶叶蛋之后,她这才原谅了我的走神。

端着豆浆,我跟苏沁在一个空位子上坐下,才喝了几口,就看见宋颜和陈小染端着早餐走了过来。

宋颜见到我的时候,稍稍愣了一下。陈小染压根没看过来,她直接无视我，在我后面的那张空桌子旁坐下来了。

　　"哼，眼睛长在头顶上，神气什么？"苏沁跟我一样看不惯陈小染，"我跟你说，江琳，你输给谁你都不许输给陈小染！"

　　"嘘，别这么激动！"我连忙捂住她的嘴巴，她刚刚的声音足以让周围的人朝我行注目礼了。

　　"本来就是。"苏沁嘀咕了一声，不过倒是没有继续说下去。

　　吃完早餐，走出食堂，太阳正懒洋洋地将温暖的光芒洒向大地。

　　我才走出去几步，宋颜忽然从后面喊住了我："江琳，有时间跟我去一个地方吗？"

　　我让苏沁先走，苏沁有些困惑，不过最后还是什么都没有问先走了。

　　我望着宋颜，问她："陈小染呢？"

　　"去找天时了。"她淡淡地说，"走吧，我知道一个说话的好地方。"

　　05

　　宋颜说的好地方，是图书馆的顶楼。

　　在上去之前，她从学校咖啡吧买了两杯咖啡带了上去，看样子一时半会儿说不完。

　　看得出来，宋颜有些疲惫，黑眼圈也渐渐显露出来了。不只是我一个

人辗转难眠，在知道这一点的时候，我莫名松了一口气，有种找到同盟军的感觉。

她将咖啡递给我，我伸手去接，可是咖啡从我的指尖滑了下去。

滚烫的咖啡溅出来，我惊叫了一声，宋颜眼疾手快地将我推开，这才让我免于被热咖啡烫伤。

我茫然地盯着自己的手，刚刚是怎么回事？为什么我没有接住咖啡？

"就算不想喝，你大可以不要，这样算是什么意思？"宋颜有些恼怒地看着我，显然她以为我是故意没有接住咖啡，让咖啡洒在地上的。

"我没有。"我急忙摇头说，"我以为是你把手缩回去了，我没有故意不接！"

"算了。"她摆摆手，淡淡地说，"没接住就没接住吧，一杯咖啡而已。"

"对不起。"我看着洒在地上的咖啡，有些无措，"我真的……"

"好了，这样看我们也扯平了。"她打断我的话，"你曾经分我一半煎饼果子，被我丢了；这次我给你一杯咖啡，你弄洒了。正好，我们谁也别觉得对不起谁。"

我抬起头看着她，心里浮上一丝暖意，其实她的心很柔软吧，至少她刚刚说的话安慰到了我。

"好吧。"我蹲下身，捡起咖啡杯子，走到垃圾桶旁丢了进去，"谁也没有对不起谁，这个说法我喜欢。"

"说回正题吧。"她趴到天台边的栏杆上，仰头喝了一口咖啡，"我

132

有点儿好奇，你真的喜欢天时吗？"

"当然喜欢！"我没有一丝一毫犹豫，非常肯定地说。

"好，那你告诉我，你为什么喜欢他？"她转身靠在栏杆上，正对着我，双眼瞧牢了我，"又是什么时候喜欢上他的？"

"什么时候？"我愣了一下，好像还没有人问过我这个问题，"应该是大一开学的第三天，那天下了一场雨，我被困在一栋空空的教学楼下，正不知道该怎么办时，萧天时出现了我面前。他替我打伞，将我送回了寝室。"

"果然是那次啊……"宋颜喃喃地说，"你是因为无助到极点，好不容易有个人来带你走出那样的境地，所以才会喜欢上他的吧？"

我想了想，当时好像的确是这样的心情，便轻轻点了下头。

"也就是说，那个时候，换成另一个人给你送伞，你也有可能喜欢上对不对？"她接着问了一个我完全没有想过的问题。

我记得在黑暗中又冷又怕的自己，祈祷有人来拯救自己，我想只要有人来，我当场就会以身相许。

后来出现在我眼前的是萧天时，又恰好他是我喜欢的那一类型的男生，于是在看到他的第一眼，我就决定要喜欢他。

那么假如当时出现在我面前的不是萧天时，而是另外的人，我还会这么义无反顾地喜欢下去吗？

我忽然有点儿不想继续想下去，我说："没有也许，给我送伞的人，就是萧天时。"

"所以你的喜欢才让人觉得窝火。"她叹息似的说道，"所以我才不喜欢你这样的家伙。你了解天时吗？你什么都不知道就擅自决定喜欢他。单凭长相吗？因为一张脸就喜欢一个人，你跟那些追星的小学生又有什么区别？"

"不可以吗？"我被她的说法惹怒了，就算我还挺喜欢她的，也不能忍受她自以为是地给我的这份喜欢下这样的定义，"所谓一见钟情，不就是第一眼看到，就决定是那个人了吗？你是在说，我对萧天时的喜欢是那种肤浅的喜欢吗？"

"难道不是？"她哼笑了一声，"我之前让你放弃，现在我想再次让你放弃，不要继续喜欢萧天时了，你对他根本不了解。"

"你总说我不了解这个，不了解那个……"我心里越发烦躁起来，因为她说的话，每一句都击中要害，尽管我根本不想承认这一点，"可是谁给我机会去了解了？我也想了解啊，我也不是故意喜欢得这样肤浅，我只是不想去想那些复杂的事情，简简单单不好吗？喜欢一个人，难道不是很简单的一件事情吗？你能说我喜欢萧天时就是错的吗？没有人定义过，喜欢一定要有什么深刻的理由吧？只要当时的心情的的确确是心动，是欢喜，这样不就足够了吗？"我脑中一片混乱，昨天一夜没有睡觉的后遗症在这个时候彻底显露了出来，"如果这样还不够，那么，宋颜，你告诉我，喜欢应该是什么样的？"

"至少……至少不应该只是因为一时的感动吧。"她回答得并不坚决，甚至带着动摇和迟疑，"或许你说得没错，喜欢的确是很简单的一件

134

事情。要喜欢上一个人，一时的感动足够了。"

我盯着她，仔细听她往下说，我知道她一定有下文。

果然，她迷茫的眼神蓦地一凛，说："所以江琳，你对萧天时，仅仅是喜欢，你的喜欢也不过如此。"

我心里蓦地一颤，耳边忽然回响起昨天洛苏对我说的那句话。

他说：原来你江琳也不过如此。

当时我不明白他是什么意思，为什么要说这样的话，就像我现在同样不明白，宋颜为什么对我说出同样的话。

"你一定没有真正爱过一个人吧？"宋颜的声音反而平静了下来，看向我的眼神甚至带了一丝悲悯，"你可以轻易喜欢上一个人，可是你只是停留在喜欢这个层面而已。有时候一见钟情，不过是一种肤浅的喜欢。真正的爱，是一见钟情之后，了解了喜欢的那个人哪里好，哪里不好，但还是想要继续喜欢他。"

我脑中轰然一阵巨响。

这些话，从没有人对我说过，我以为喜欢了就要奋不顾身地去追逐，哪怕跌跌撞撞，哪怕遍体鳞伤，也要穿过重重人海走到那个人身边去。

可是然后呢？

走到那个人身边了，然后呢？

我忽然恐慌地发现，我从未想过这个然后。

"我和你相反。"宋颜低低笑了出来，声音里带着一抹悲哀，"你任性地想得太少，凭着一股冲劲就去做了，不会去想做完会产生什么样的后

果。而我，总是想得太多，瞻前顾后，顾忌很多人的感受，最后犹豫不决，只能以好朋友、好哥们儿的身份，待在那个人身边。"

是这样吗？

想得太多和想得太少，都不对吗？

原来我以为的勇敢，以为的敢爱敢恨，真的……不过如此吗？

青梅 与 竹 马 06 第六章
CHAPTER
ARE BLOOMING AS ME

忘记我了吗？我是春回大地时南风带来的第一朵樱，在你路过我时，化成清风落于你的肩膀。春去了大半，我在你留的荒城颠沛流离。不记得了我吧？你跟着南风一路南下，深长雨巷里杏花微雨，我跟着季节逝去，将道别结在枝头，等来年春回，再开一朵薄樱，落在你的掌心。

01

沉默了许久之后，我忍不住打破了天台上让人心里发慌的沉默："我忽然想，我们两个人中和一下，是不是会变成陈小染那样的人？"

"不会。"宋颜飞快地否认。

"为什么不会？比起我，她了解萧天时，她在他身边待的时间足够长；比起你，她更有勇气表露对他的喜欢。我想得太少，你想得太多，陈小染想得不多不少，我们中和一下，就会变成那样没错啊。"我不解地说。

"其实她没有你勇敢，她跟我一样，都是胆小鬼而已。"宋颜淡淡地说，"你知道，她为什么会去找你，让你加入登山社吗？"

"不是为了把我弄进来，借你的手，让我死了对萧天时的心吗？"我一

138

直都是这么想的，难道我又想错了吗？

宋颜愣了一下，跟着笑了起来："你说的倒也没有错，但她把你弄进来，还有一个原因。"

"什么原因？"我想不出，陈小染让我加入登山社还有第二种原因吗？

她明明就是想让我放弃萧天时，不要再缠着他了。

"她其实跟我一样，羡慕你。"宋颜看着我的脸，眼神藏着一丝失落，更有一丝啼笑皆非，"因为你有我们没有的东西，所以想要靠近你，想要从你那里得到那样东西。"

"你是说勇气？"我诧异地问，"可是陈小染……怎么可能缺少勇气？她就差对着全校女生宣布，她是萧天时的正牌女友了。"

"你也说了，就差宣布，但还没有。假如她有你的勇气，大概天时早就成为她的朋友了吧。"宋颜贴着天台的栏杆坐在了地上，阳光从头顶落下，将她整个人都笼罩进去。

这样的她真的很美，就算是我，也不禁看呆了。

"我记得，你们三个人是从小一起长大的吧？你们，应该就是所谓的青梅竹马了。"我站得有些累，便走过去，在她身边坐下，将双腿从栏杆中间伸出去，在半空荡了荡，"那么长的时间，你和陈小染一定都非常喜欢萧天时吧！这么一比，我都不好意思说我喜欢了萧天时一年多时间。"

"是啊，喜欢他很久很久了，久到我都记不清是从什么时候开始喜欢上他的。"说起这个，宋颜低下头，脸上露出温柔的笑容，"都说青梅竹马，两小无猜，可是，青梅竹马却是最悲哀的关系。因为太熟悉，所以不敢轻易表露心迹，害怕说出口，最后连朋友都没得做。"

"我曾经以为，天时会在我和小染之间选一个成为他的朋友，甚至是新娘。"说到这里，宋颜的声音里蓦地多了一丝悲伤与无奈，"那时候我们争得你死我活，我甚至有了与她老死不相往来的想法，可是高中的时候……"

她没有继续说下去，像是陷入深深的回忆一样，整个人散发出一种让人心悸的绝望感。

"高中时发生了什么吗？"我小声问她。

那些一定不是什么好的回忆吧！

一个人藏太多的秘密心事，一定会变得太沉重，最后禁锢住双脚，无法前行。

她一定是找不到人说这些，才会告诉我这个对手。

也是啊，有些心事，藏着难以启齿的软弱。

"我不会告诉别人的，我保证。"我拍了拍胸口对她说道，"不然，你告诉我你们高中时候的事情，然后我再告诉你我高中的时候都做了些什么？"

"并不是什么不能告人的秘密。"她冲我笑了笑，这个笑容里，没有鄙夷，没有嘲讽，是真正的微笑，"我和小染，就这么明争暗斗地斗到了高三，那时候我们都想要和天时考同一所大学，然后在拿到录取通知书那天跟天时告白。"

"很好啊，大学，新的恋曲开始的地方。"我说。

"可是一直以来，我和小染都是单方面喜欢天时，我们从未问过他是怎样想的，在他心里，他更喜欢谁多一点。甚至我们一起长大，我都不知道天时对朋友有没有什么自己的标准。说起来，我们的喜欢跟你也半斤八两，什么都不了解，却还咬着牙不肯回头。"

"难道……"一个想法忽然浮上我的心头，"高三的时候，天时喜欢上一个你们之外的女生？"

宋颜身体猛地一颤，诧异地看着我，我知道我猜对了。

"是个小学妹，乖巧可爱，一头瀑布般的齐腰长发，眼睛大大的，看人的时候，会让人觉得她在微笑。"宋颜说起那个女生的时候，神色很复杂。

也对啊，比起我这种一根筋的人来说，那个女生才是她和陈小染真正的情敌吧！

"很悲哀是不是？我和小染争了很多年，吵得最厉害的时候，什么伤人的话都说过，最后却输给了一个陌生人。"她自嘲地笑了笑，"天时跑来找我和小染，问我们，给女生送什么礼物比较好。我们都以为，天时是想送东西给自己，直到他将礼物送到小学妹的教室，亲手交给那个女生时，我们才知道，原来我们只是在自作多情。"

"以为是青梅竹马，所以觉得一定会在一起，却不知道，青梅竹马总是输给忽然出现的陌生人。"宋颜缓缓地说。

"那个小学妹呢？"我有点儿在意被萧天时喜欢的那个女生后来怎么样了，"我问过萧天时，他回答我说，他暂时还没有朋友。所以，是不是那个学妹并没有和天时在一起？"

"暂时还没有朋友，是因为他和小学妹约好了，他会等到小学妹进入C大念书。"宋颜说。

"啊？"我愣住了，暂时没有朋友是这个意思吗？

因为小学妹还没有来，所以他目前没有朋友，可是为什么他不告诉别人他有喜欢的人了？为什么不直截了当地拒绝别人？为什么总要用那样暧昧不清

的话去回应别人的告白？

看上去像是拒绝，实际上却是对别人暗恋的纵容。

"他还喜欢小学妹吗？"我很在意这个问题。

宋颜神色复杂地看着我，最后在我紧张的目光下轻轻点了一下头。

"喜欢，因为他对她最温柔了。每次小学妹给他打电话，他都会很开心。除了他仍旧喜欢着她之外，我想不出其他解释。"

我蓦地想起那一晚，他与陈小染拥抱之后，陈浩喊他接电话，他的声音里明明带着一丝讨好的意味，应该是小学妹的电话吧！

"好差劲。"我的心情忽然之间变得糟糕透了。

雨夜里，他执伞而来，带着一身温柔，让我以为他是水墨一样干净的人。

有喜欢的人，为何还要跟其他女生搞暧昧？为何还要拥抱陈小染？

他知道的吧，知道陈小染喜欢他，那个拥抱到底是什么意思呢？

"是啊，好差劲。"宋颜伸手捂住自己的脸，"更差劲的是，我明明了解他是多差劲的家伙，却还是无法停止喜欢他。喜欢到，甘心站到好朋友的位置，甘心以哥们儿的身份，在他身边霸占一个无关紧要的位置。"

02

我久久说不出话来。

如果说没有幻灭、没有失望，那肯定是骗人的。

宋颜深吸一口气，然后用抱歉的目光望着我："对不起啊。"

"为什么要对我说对不起？"我双手扣在一起，心中有些茫然失措。在知道了这些之后，我还能信誓旦旦地说我喜欢萧天时吗？

在明知他有喜欢的人的情况下，还继续追在他身后跑吗？

"因为毁掉了他在你心中的美好。"她似乎有些不忍心，但话已经说出了口，想要收回已是不可能。

"能被毁掉的，便不是美好。"我低着头，数着自己的手指，"你不用觉得抱歉，是我自己好奇，想知道这些事情。"

"也不知道怎么回事，对着你，这些事情就毫无障碍地全部说出来了。"宋颜蓦地笑了起来，"不过说完心里轻松多了。"

"那你打算怎么办？"我想起她说小师妹进入C大之后，萧天时就会和小学妹在一起，那样的话，她和陈小染又会怎样呢？

"明年六月过后，小学妹就会毕业来到C大了吧？"我迟疑着，不知道要怎么跟宋颜说。

宋颜却已经明白我想说什么，坦然地说道："这就是我找你来这里聊天的目的。"

"啊？"我惊讶地看着她，"我记得没错的话，你喊我来，应该是为了告诉我爬山那天到底发生了什么吧！"

"我这么说过吗？"她斜眼看着我，"我只是问你有没有空跟我聊一下天吧？"

我顿时有些无语，原来说了半天，她压根就没打算告诉我我想知道的那些事情啊，倒是说了些我不想知道的。我心里的郁闷可想而知。

"或者，我心情好会告诉你也不一定。"她又接着说道，"要知道，那些事情对我而言，可说可不说的。"

"你想让我做什么？"我只想知道这一点。

"如果换成你是我，你会怎么办？"她盯着我的眼睛，像是很希望从我这里得到答案。

"换成是我？"我愣了一下，随即意识到了她的意思。

"其实我也还不知道要怎么办。"我无法把自己想象成她，因为我觉得换成是我，我没有办法这么长久地喜欢那样的人。

"不过，我还有一件事情没有做完。"我说，"你记得我对萧天时告白过吧？但他一直没有明确地给过我答案。在听你告诉我这些事之后，我想我大概没有办法继续喜欢他了。你说得一点儿都没错，我的喜欢就是这样肤浅，因为一时的悸动，就像个傻瓜一样，偷偷跟在他身后一年之久。但是我是个有始有终的人，追了，就一定要给我一个说法，好的坏的，那都是一个结局，不是吗？"

我的心里已经有了打算，但现在的我并不打算告诉宋颜。

"所以，我无法回答你一开始提的问题，我只能让你看到，我自己会怎么办。"

她点了点头，表示自己知道了。

"这个答案，你满意吗？"我问她，"现在，你可以告诉我，在登山那天晚上，到底发生什么了吗？"

"在告诉你登山那条晚上的事情之前，我想，我有必要告诉你另外一件事情。"她深吸一口气，像是做了什么决定一样。

144

"什么事啊？"我看着她，不明白还有什么事是她知道而我不知道的。

"你知道开学不久，你在大雨里迷路那天晚上，天时为什么会撑着伞出现在那里吗？"宋颜似笑非笑地看着我，在看到我茫然地摇头之后，她接着说了下去，"他之所以会出现在那里，是因为跑出教室去接小学妹的电话。那里离教学楼并不远，你知道的。"

我恍惚地点点头，的确，那里离教学楼很近。

"那天那把伞，不是他的，是陈浩的。"宋颜用最平淡的语调说出了一句让我心神俱震的话，"那时候，我、陈浩，还有天时，都看到你了。陈浩被辅导员喊过去帮忙做事，就把伞给了天时，让天时将伞送给你。"

"你说什么啊？"太多的信息涌入脑海，让我有种脑袋要炸掉的错觉。

"我没有骗你，这是真的。所以我才会问你那个问题，你是在什么时候喜欢上天时的，又为什么会那么喜欢他。"宋颜叹息道，"我知道这让人难以置信，但这些事情发生的时候，我是旁观者。"

"所以你才问，假如那天不是天时，换成是其他人给我送伞，我是不是也会对那个人一见钟情？"这个时候，我才反应过来，宋颜为什么要问我那些问题。

只是我不敢相信，因为这太疯狂，也太荒唐。

"这件事跟登山那天晚上发生的事情，有关系吗？"我沉默了很久，最后决定暂时将这件事放在心底。

"算是有联系吧！"宋颜说道，"其实那天晚上，也没有发生什么特别的事情。"

我不相信地追问道："那天夜里，我跟着你走出帐篷后，你去了哪

里？"

"我哪里都没有去，我不过是出去吹了会儿冷风。那天我其实有些心烦气躁，怎么也睡不着觉，于是就出去走走。"她轻声说，"我不知道你会摔进山坳里。小染回来找萧天时和陈浩，她让他们去那边救你。"

"原来她真的叫了萧天时。"我不禁为之前在心里恶意揣度陈小染而感到抱歉。

"天时和陈浩都穿好衣服要去找你，小染却让陈浩不要去，天时一个人去救你就足够了。"宋颜说，"小染……其实也是个不坦率的家伙。她甚至还有些爱逞强。那天晚上，她根本没有约天时，她故意跑出去，不过是让你猜疑她是不是和天时在一起，不过是想制造一些暧昧的画面，让你对天时绝望。"

"哈哈。"我笑出声来，"这么一想，我反而要谢谢她了？"

"也不能这么说。"她缓缓地说，"那天，陈浩和天时，吵架了。"

"啊？"我惊愕地看着宋颜，脑中纷乱的思绪宛如瞬间落定的尘埃，我有些怀疑自己是不是幻听了。

她刚刚说了什么？陈浩和天时吵架了？

为什么？

"你没听错，陈浩和天时吵架了。"宋颜无比肯定地说，神色有些复杂，像是话里藏着很多话，"或者也不能算是吵架，因为那只是陈浩单方面的发怒。"

"是因为陈小染让他们来救我，所以他们吵架？"我脑中一片混沌，完全没有办法想出这两者之间有什么联系。

"陈浩阻止天时去救你，他说，如果没有在一起的想法，就不要给你所

146

谓的希望。"宋颜盯着我的脸，观察我听完她的话会有什么反应，"我还是从头给你说吧！"

03

宋颜从陈小染回去喊人，跟我慢慢地、细致地说了起来。

陈小染回去的时候，脸色不太好，神色带着匆忙，她并没有回自己的帐篷，而是将萧天时喊了出来。

萧天时不解地看着陈小染，不知道她大半夜喊他做什么。

"天时，帮个忙吧。"她对萧天时说，"江琳摔倒了，滑进了一个山坳里，我拉不上来，你能不能去把她拉上来？"

"江琳？"萧天时愣了一下，"这大晚上的，她怎么跑去那里的？"

"能不要继续问吗？只是去救她一下而已。"陈小染回避了萧天时的这个问题，"她穿得挺单薄的，山里面冷，现在不是问问题的时候。"

"好吧，带我过去吧。"萧天时说着，往前走了几步。

"她掉落了一个手电筒，你从这边一直往前走，看到手电的光，就可以找到她了。"陈小染完全没有跟萧天时一起去的意思。

想来也对，她和我是对手关系，她将萧天时推向我，又怎么可能再亲眼去看他怎样将我救上来？

"等一下。"这时候，陈浩的声音从帐篷里传出来，跟着他就穿好衣服走了出来。陈浩和萧天时住同一个帐篷，所以萧天时一出来，陈浩就知道了。

147

陈小染和萧天时说的话，大概陈浩也全部听进去了。

"怎么？你也要一起去救那个一根筋的小丫头吗？"萧天时问道，"一起？"

"天时，在去救她之前，我有一个问题想问你。"陈浩的脸色很严肃，看上去冷漠且疏离。

"现在不是问问题的时候吧！我刚刚已经说了，江琳现在的情况比较危急。而且，陈浩，救江琳这件事情，我只叫了天时，并且江琳也只要天时去救她，你就不要添乱了。"

陈小染这句话刚刚说完，陈浩的眼神就剧烈颤动了一下。

他冷冷地扫视了陈小染一眼，那一眼，看得人血液都要冻结。

他用冷冰冰的声音问陈小染："她真的这么跟你说？只要天时去救她？"

"对！"陈小染硬着头皮说，"你知道她喜欢天时的，不是吗？这个时候，她最希望出现在身边的，当然是自己喜欢的人。"

"先不说这些，我去把她救回来再说吧。"萧天时有些担心江琳，大半夜的，一个人在黑漆漆的山坳里，一定很冷很害怕。虽然她好像很勇敢，天不怕地不怕，但再怎么说，她也是个女孩子。

"你站住！"陈浩忽然大声喝住了萧天时，却仍然紧盯着陈小染，一字一句地问："我没有问你这些，我只是问你，她是不是说只要天时去？"

"你听不懂吗？是！她这么说了！"陈小染也被陈浩激怒了，口不择言地说，"你到底在闹什么脾气？这事儿跟你有什么关系？你这么怒气冲冲的，有必要吗？况且江琳要谁去救她，你这么在意做什么？"

148

"走开！"陈浩用足以冻死人的声音对陈小染说了这两个字，就彻底无视了她。

他走到萧天时面前，拦住萧天时的去路，神色无比认真地说道："天时，你喜欢江琳吗？"

"她挺可爱的，不是吗？"萧天时不知道陈浩为什么忽然变成这样，只是照实话说，"我不讨厌她，这样算喜欢吗？"

"那么，你有和她交往的打算吗？"陈浩显然不满意他这种答案，像拒绝任何一个跟他告白的人一样，敷衍过去，留存暧昧，给人留下不切实际的希望。

"喜欢也未必要交往，不是吗？"萧天时耸耸肩，不以为意地说，"我相信，江琳也会明白的。"

"她不明白！"陈浩的声音猛地提高了，"萧天时，假如你没有打算和她在一起，那么就不要去救她！"

"为什么？"萧天时不明白陈浩到底是哪根筋搭错了，忽然变得这么奇怪。

"因为这次你去救她，她对你的喜欢就再也没有办法停止了。"陈浩认真地说，"所以你想清楚，你能够回应她的喜欢吗？她是个死心眼的家伙，喜欢一个人，不撞南墙不会回头的。天时，她不过是无数仰慕你的小女生中的一个，为什么你没有直接拒绝她的告白？"

萧天时身体蓦地一颤，他躲闪似的挪开了视线："你不希望我去救她？"

"我希望你别对她暧昧。"陈浩的声音有些无奈，"因为她喜欢你，很

149

认真地喜欢你。"

好久好久，萧天时都没有说话，沉默像是一把看不见的利刃，将一些东西在不知不觉中割裂，撕碎，最后面目模糊。

"陈浩，你……"萧天时终于开了口，他看向陈浩的眼神很复杂，"你不会……"

"那么，你的答案是什么？"陈浩打断他的话，"她的这份喜欢，你能够好好回应她吗？"

"喂！"陈小染一直被无视，已经很不舒服，"陈浩，我忍你很久了，你是江琳的什么人啊？你不觉得自己管太多了吗？哦，我记得了，江琳可是拿你当好朋友、好姐妹的啊！"

"你闭嘴！"陈浩喝道，瞥了陈小染一眼，然后一把推开萧天时，抬腿朝江琳所在的那个方向走去，留下萧天时和陈小染两个人呆呆地站在原地。

陈小染一脸的不可思议："喂，那家伙不会真的……"

"回去休息吧。"萧天时淡淡地说，"明天还要继续爬山。"

萧天时说完，就不再理会陈小染。

他的脸色不太好，刚刚陈浩的那些话，他并不是没有听进去，相反，他听得很认真，这让他感觉有些不太好。

萧天时进了帐篷，宋颜才从阴影里走出来，她本来只是出来透透气，没想到会听到和看到这些。

他们应该没有发现她，于是她全程作为旁观者，将这些都看进了眼里，记在了心上。

04

宋颜一口气说完之后，我一直坐在原地发呆。

我双手抱住膝盖，将下巴搁在膝盖上，心里说不出是什么滋味。

陈浩会突然变得很奇怪，就是因为这些吗？可是为什么会这样呢？

陈小染的疑问正是我的疑问。我和他认识的时间还不到一个月，这短短的时间里，他为什么要为了我跟萧天时争吵？

怎么想也想不明白啊！

"我已经把我知道的都告诉你了。"宋颜叹了一口气，悠悠地说道，"是不是忽然觉得，也许什么都不知道会更轻松一点儿？知道得太多，心情就会不由自主变得沉重。"

"为什么呢？"我不小心将这三个字说了出来，因为我现在满心满脑子的都是这三个字。

为什么陈浩要这么在意我的事情？

他会那样对我，是因为陈小染的那一句好朋友、好姐妹吗？为什么他认为，萧天时去救我，我就再也回不了头了呢？

他了解我多少啊？他明明才认识我，不是吗？

为什么要冷冰冰地转身？

为什么要恶作剧地亲我？

为什么要装成不认识我？

而我，为什么又这么在意他？

他不理我，我觉得难过，明明在他对我做出那样的事之后，我应该讨厌他，痛恨他，期待永远不要见到他。

可事实不是那样的，他不理我，我就手足无措，甚至没话找话，只想和他说说话，哪怕得到的回应只是冰冷的敷衍。

"我也不知道，说实话我不了解陈浩这个人。"宋颜轻声说，"在我看来，他是比天时更加冷、更加不好相处的人。他只对着特定的人展露笑容，只对极少数人友好。你看他经常脸上挂着笑意，可大多数时候，他的笑都无法抵达眼底。所以那时候我才对你说，陈浩不可能和你成为朋友。你们完全是两个极端的人。"

我听着她的话，心绪如同乱麻。

如果说我是极端简单的人，那么陈浩算不算是极端复杂的存在？总是戴着不一样的面具，变脸比变天还要快。

我们是朋友吗？

连我自己都开始怀疑。

我以为宋颜当初说我这种人，陈浩是不可能拿我当朋友的，只是在嘲讽我，到现在我才明白，她没有嘲笑我，她只是实话实说。

没靠近他，我以为他是个爱笑话多的家伙，靠近了，才知道他比冬雪还要凉。

"要上课了，走吧。"宋颜站起来，弯腰将手递给我。

我握住了她的手，她用力将我从地上拉了起来。

一路上，我走得心不在焉，走到一半，宋颜推了推我的手臂，示意我向前看。我抬头望过去，就看到了臂弯里夹着课本、双手插在口袋里的陈浩。心里不知怎的，开始生出压抑的酸楚。

明明他就在那里，可是我不敢叫住他。

这样的自己，让我觉得很陌生。

曾经天不怕地不怕的江琳去了哪里呢？害怕受伤，害怕被拒绝，从而不敢往前走，这根本不是我的风格！

"不去和他说句话吗？"宋颜在我耳边说道，"如果你们是朋友，那么无论什么隔阂，说开就好了啊。"

"唉，晚点儿再说吧。"第一次，我退缩得如此干脆利落。

"江琳。"正当我低着头想逃避时，一个熟悉的声音传入我的耳中。

我茫然地回头循声看过去，只见洛苏穿着一身米色格子大衣，缓缓朝我走来。

我愣了一下，昨天和他不欢而散，我以为这下子是真的打死不相往来了，没料到这个再次会面，来得这么快。

"你……"我看见他手里还拿着几本书，看样子像是去上课的，"你还没回去念书啊？"

"我会在这里念书，我作为交换生，被交换回国。"他盯着我的脸，眼神很深邃，宛如旋涡似的，多看一眼都会沉溺其中。

当初我就是被这双眼睛吸了进去，不可自拔地追在他后面。

不过我已经明白了，因为一时的悸动而兴起追逐的欲望，这并不是爱，顶多不过是喜欢。我可以对洛苏一见钟情，同样的我也可以对萧天时一见钟情。但我从未考虑过，真正追到他们、了解真实的他们之后，我还要不要继续喜欢下去。我的终点不是与他们永远在一起，而是与他们在一起。

缺少了永远，就缺少了将喜欢转化为爱的理由。

原来我自以为是的喜欢，当真不过如此。

"这么看来，我们又要做同学了呢。"我真诚地说，"挺开心的，老同学了。"

他有些讶然地看着我，说道："看样子，你是真的不喜欢我了啊。"

宋颜站在一边，目光诡异地看着我和洛苏。在听到洛苏这么说之后，眼神更是震惊，不过她并没有说什么，只是用一种膜拜的眼神看着我。

"呵，你说我是不是脑子进水啦，江琳？"洛苏自嘲地笑了笑，他伸手想要摸摸我的头，我脑袋往边上一歪，躲开了。

"当年你追在我身后的时候，我只觉得烦，只觉得你让人倒胃口。可是去国外念书，没了你跟在身后做那些蠢事，我竟然觉得有点儿寂寞。"他琉璃般的眸子染上一层浅浅的落寞，"听说，你又有了喜欢的人？"

"听说？"我愣了一下，"你听谁说的？"

"全校都知道啊。"他忽然笑了起来，像一树盛放的玉兰，美好得不可思议，"是叫萧天时吧？你是不是将曾经追我的那些招数，都用在了他的身上？"

"你为什么要注意这些事情？"他应该是才到C大的吧，才来就关注这些，会让我误会的。

"自我感觉又良好了吧？"他偏过脸去，冷哼道，"你这些破事儿，根本不需要刻意去注意，走到哪里都有人在说。"

"好吧。"也对，我又头脑简单了，偏偏还爱胡思乱想。

就像过去的那几年，在我最后放弃他之前，我也曾在那么多、那么满的回忆里去一点点寻找也许他会喜欢我的蛛丝马迹，哪怕他只是用正常表情面对我，我也会觉得那是种恩赐。

"不介绍一下吗？"他的目光落在了宋颜身上，"你朋友吗？"

"哦，我们是同一个社团的，她是宋颜。"我只好介绍道，"宋颜，这是洛苏，是……我的高中同学。"

他的目光颤了颤，在听到我说"高中同学"四个字的时候。

"真冷血呢，江琳。"他嘲讽似的看着我说，"一年，不过一年，我就从你最喜欢的人，转变成了最为普通的高中同学。"

"我以为你喜欢这个介绍。"看着他这样，我有些无措，不明白哪里惹得他不高兴了。

"所以江琳，你果然还跟高中时候一样讨厌，一样自以为是，一样让人心烦。"他说完，转身大步从我面前走开。

这是重逢后的第二次吧，他这么急匆匆地走开。

是不想见到我吧？

也是，之前给他添了那么多不好的回忆，要多讨厌一个人，才能为了躲避逃到大洋彼岸去？

05

"你喜欢过他？"好一会儿宋颜才开口问我，"眼光不错，长得很好

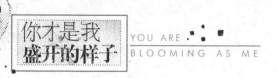

看，气质也不错。"

"谢谢夸奖。"我对她露出一个僵硬的笑容，可是，现在是夸奖我眼光好的时候吗？

"你对他也是一见钟情吗？这么看来，你会一见钟情的对象，都是这些惊艳时光的少年，你也真幸运，总能遇见让你喜欢的人。"她感叹道，"感觉这个洛苏，好像并不像他自己说的那样讨厌你啊。"

"是吗？"不可能的，他讨厌我、唾弃我、鄙视我、嘲笑我，以前，他都是这么对我的。

"直觉而已。"宋颜笑着说，"而且我的直觉一般都很准的。"

"那这一次一定弄错了。"我说。

我们就这么有一搭没一搭地聊着天，最后在教学楼前道别。我前脚踏进教室，后脚上课铃就响了。苏沁朝我招手，她帮我占好了座位。

我在她身边坐下，她凑过来小声问我："宋颜找你说什么了啊？是和萧天时有关的吗？"

我看着苏沁满含期待的眼神，心里矛盾极了。

我要告诉她，我和萧天时已经不可能了吗？在知道他有喜欢的人还能拥抱别人时，我就没有办法喜欢他了。

我的喜欢就是这样肤浅且简单，我不是宋颜，我不是陈小染，我没有喜欢他到那种程度。

"算是吧。"想了想，我还是决定敷衍过去，我一个人对萧天时幻灭就好，就让苏沁保留一些美好的遐想吧。

我趴在桌子上，这些天发生的事情将我的脑子塞得满满的，高兴的郁闷的，悲伤的欢喜的，这些堆在一起，宛如走了一个世纪那么久的时光，可其实这些事情发生的时间，不过是短短一个月不到。

下课的时候，我将拷贝了登山活动照片的U盘送去给隔壁班的萧天时。

他接过去，视线落在我脸上贴着的创可贴上，问道："是昨天摔跤弄伤的吗？"

"嗯。"我点点头，冲他笑了笑，"那天的照片，我都拷贝在这里了，你拷贝完之后记得还我U盘。"

"好，谢谢你特地给我送来。"他笑着说，"以后要小心点儿，不要再摔跤了。"

"嗯，我会注意的，谢谢你的关心。"说完我转身回了教室。

曾经的我绞尽脑汁想要靠近他，如今我与他的对话，却可以这么客气，这么生疏。

一切都变了，宛如一夜之间经历了沧海桑田一般，很多东西回不去了，很多东西被埋葬了。

心里空荡荡的，我忽然之间有些不知所措。

这么久以来，我喜欢过洛苏，喜欢过萧天时，所以那个角落一直都是被填满了的。

如今什么都没有了。

"喂，让一让。"我正沉浸在自己的思绪中，突然，一个熟悉的声音毫无征兆地传来。

我身体猛地一僵，回头一看，是陈浩。

他把连帽衫的帽子戴在头上，碎发挡住眼睛，眼眸藏在一片深沉的阴影

之中，只有宛如三月樱一样美丽的唇，轻轻抿着。

我下意识地侧过身，他就从我让开的地方往前走。

他仍旧无视我，无视得这样彻底。

我一咬牙，一把抓住了他的手臂，我感觉到他身体有一瞬间的僵硬，不过很快就恢复了，他在原地站定，没有说话，也没有拂开我的手。

我们就这样保持着这个诡异的姿势，堵在他们教室的门口。

"喂，说点儿什么吧。"最终先败给这种无言沉默的人是我，"我们不是朋友吗？为什么要忽然不理我？你总得给我一个理由吧。"

"我从未想过要当你的朋友。"他冷冷地说，"一开始没想过，现在不想，将来也不会愿意。"

我的眼睛蓦地一酸，水汽在眼里凝结，我强忍着哭腔，强迫自己用正常的语调同他说话："那为什么一开始要出现在我面前？为什么要拍我的头？为什么要牵我的手？为什么要去救我？为什么……"

为什么要吻我？

我不敢再说下去，害怕他发现我已经哭了。

这么多天以来沉淀在心底压抑的情绪，终于化成了一颗颗眼泪，从眼眶滚落。

他蓦地转过身来，我惊得回过头去，说："没什么，再见。"

我拔腿想逃，他却一把揪住了我，我偏着头不让他看见我的脸。

他的声音有些沙哑，说："你哭了吗，小不点儿？"

"没有，我江琳才不会哭。"我逞强地说，用力甩开他的手，"我不会哭的，我才不像那些小女生，遇到事情只会哭哭啼啼，我不会的。"

"你在哭。"他的语气软了下来，这次不是疑问句，而是用了无比笃定的语气。

"没有！"我大喊了一句。

很多人的目光朝我投来。

那些眼神让我焦躁不安，我用手背狠狠擦过眼睛，然后用尽全力往前跑。

我要离开这里，逃去没有人的地方。

我需要冷静一下，现在的我，不适合跟人说话。

我一口气跑出教学楼，没有去刻意辨别方向，遇到拐弯处，我就凭直觉往前跑，直到我又一次狠狠摔在地上。昨天校医刚刚替我包扎的伤口重新被蹭破，挣扎似的刺痛传入心底，我才稍稍清醒了一点儿。

"喂，为什么我每次遇见你，你都要摔跤？今年流行这样吗？"有个声音从不远处传来。

不用抬头去看，我也知道这种带着淡淡嘲讽意味的声音的主人是用怎样的表情说出这句话的。

"你也可以这么认为。"我一时间爬不起来，四肢发软，好像都不受大脑控制，不按照我大脑的指令行事。

洛苏缓缓朝我走近，这一次他没有蹲着看我在地上挣扎，而是伸手扶起了我。

我踉踉跄跄地站直了，目光无意间扫到一个站在不远处的人影。

我急忙推开洛苏。

这一瞬间，不知道为什么，我忽然不想让那个人看见我和洛苏靠得这么

近的画面。

说不清道不明这是因为什么，总之，我不愿意他误会我。

因为站在不远处的那个人，是陈浩。

他到底还是追着我跑出来了。

眼泪与泪眼 07 第七章
CHAPTER

ARE BLOOMING AS ME

枯落的桔梗，死去的爱人。小沙弥还在默念佛经，尾指的红绳，你眼角的泪痕。我站在城外青石上，浮萍一般扮成游魂。错落的吻，触不到我朝思暮想的那个人。

01

再次跌坐在地上，我忽然笑了起来。

我觉得自己就是个白痴，是个大傻瓜，是天下第一的笨蛋。

"喂，你发什么神经？"洛苏被我推开，僵在那里，听见我的笑声才回过神来，"好心扶你起来，你非但不领情还推开我，就这么不想让我扶你起来吗？"

"谢谢你，不过我不想麻烦你。"我对他笑了笑，然后扭头朝陈浩站着的方向看过去。他正好转身想要离开，我深吸一口气，然后用我最大的力气喊他："陈浩，你给我站住！"

他的脚步停住了，但是他没有转身，像是用这种方式在与我对峙。

我看着他的后背，如同那一晚我站在原地，看着他冷清的背影一步一步走出我的视线，带着一丝隐忍与压抑。

"陈浩，我摔倒了！"我双手拢在嘴边对他喊，"你扶我起来啊！"

"那家伙是什么人？"洛苏忽然开口问我，"我扶你你不要，为什么要那家伙来扶你起来？"

"不要假装听不到，我知道你能听见我的声音！我告诉你，陈浩，你不扶我，我就永远坐在这里不起来！"我对着无动于衷的他继续喊，"你知道我江琳就是一根筋，哪怕撞得头破血流也不会改变主意！"

他终于动了，只是，他不是朝我走来。

他没有靠近我，而是越走越远，最终消失在了拐角处。

"喂，我说，你至少回答我一下啊。"洛苏终于怒了，他在我面前蹲下与我平视，"那个家伙又是谁？你不是应该跟在萧天时后面吗？刚刚那个让你如此在意的男生又是怎么回事？"

我低下头，倔强地抿着嘴巴不想说话。

明白了啊，在我推开洛苏的一刹那，我明白了自己为什么会在意，为什么陈浩不理我，我就无法阻止自己眼里流出泪水。

我为什么会变得不像我，我为什么会退缩，为什么会由勇士变成默默无闻的卫兵……

那都是因为——

我爱他。

是的，我明白了，也承认了。

一直以来，我并不是没有想过，只是刻意阻止自己这样去想，可是我到底做不到永远自欺欺人。

面对那样冷漠的陈浩，我却还在寻找话题，哪怕只得到他冰冷地敷衍地回应，我也毫不在意。

不是没有被这样对待过，曾经洛苏无视我的时候，我从来都不会觉得沮丧，甚至越挫越勇，斗志昂扬。

唯独陈浩不一样，他不理我，我就慌了手脚。

是爱吧？

是爱啊！

我终于明白宋颜说的，在了解一个人之后，还是想要继续喜欢到底是怎样的心情。就是现在这样，泛着苦涩，带着一些疼痛，心像被他用力揪着，尽管那么难过，却还是想要靠近他。

"洛苏。"我忽然觉得很开心，我以为我一辈子都不会知道比喜欢更深的喜欢到底是什么样的，但现在我明白了，"我想一个人待会儿，不要管我，让我一个人待一会儿吧。"

他脸色一变，不可思议地看着我，说："你确定？你确定要我走？"

"我确定！"第一次，我用笃定坚决的声音对他说出了这样的话。

他在我面前蹲了许久，最后说："江琳，你真绝情。"

"绝情？"我惊讶地看着他，"这两个字竟然会从你嘴里说出来？一年多不见，洛苏，你是不是受了什么刺激啊？上次见你，就觉得你对我的态度跟以前不太一样。"

"你还好意思说我？"他冷笑着说，"不过一年多不见，你就移情别恋了。谁被你喜欢，真是一件不幸的事情。"

"那你应该觉得幸运，因为我已经不喜欢你了。"我说，"是不是觉得松了一口气？"

他沉默了，脸上的笑容忽地不见了，琉璃样的眸子里那层浅浅的失落又浮现了。

"我本以为我应该松一口气，应该觉得庆幸你不会再追着我跑了。可是，江琳，我忽然发现，我好像也没有那么高兴。"

"为什么？"我不太明白他的想法，或者说，我从未了解过他这个人。

"江琳，我在想，或许我……"他正说着，却被手机来电打断了。

他拿起来看了一眼，似乎是不得不接的电话。

果然，是学校找他，他作为交换生来C大，需要办理一些手续。

"算了，下次再说吧。"他说着，站起来往前走了几步，然后忍不住回头看我，"真不要我扶？"

"不用。"我摇摇头，然后目送他离开。

四周又恢复了安静，这个时间大家都在上课，基本没有人从这里走过。

我一直保持着跌坐在地的姿势一动不动，时间长了，手脚有些发麻。冰冷的地面贴着双腿，我感觉我的腿都要冻僵了。

但是我说过，陈浩不来，我便不起来，没有人比我更能坚持。

陈浩，你会来吗？

下课的时候，有人从我身边走过，都会对我指手画脚一番，有几个热心

的同学要来扶我起来，都被我拒绝了。

尽管说，尽管笑吧，我不在意的。

哪怕我是全校人眼里的笑话，可这又有什么关系？

陈浩，只要你别不理我，只要你对我笑一笑，我就一点儿都不会觉得自己在犯傻，真的。

02

当太阳的最后一抹残光消失在眼前，当东边的月亮缓缓浮上地平线，我还坐在原地，寸步难移。

他还是没有来，他一定知道我还在这里等着他，因为全校人都知道，他就算不想知道，也会听到同学的谈论吧。

我搓了搓双手，初冬的夜晚很冷，但我还不想离开这里。

我仰着头看着闪烁的星星，在月亮走到这里之前，它们会一直闪烁。当月亮靠近时，这些星星就会被月光淹没。

你怎么还不来呢？

陈浩，星星都要消失了。

我是不是应该谢谢老天爷，让今天晴空万里，月明星稀？要是下雨的话，我该有多狼狈呢？

"喂。"一个略带烦躁的声音从十步开外的地方传来，不用抬头，只是一个声音，就足够让我欢呼雀跃。

陈浩！

"你犯得着拿自己的身体跟我赌气吗？"他边说边朝我靠近，脸色阴沉得可怕。他在我面前站定，居高临下地看着我："为什么？为什么这么在意是不是我扶你起来？"

"那你又是为什么要无视我？"不知道为什么，喜悦过后，委屈浮上心头，"明明见到我，却要假装没见到；明明听到我喊你，却要假装没听到，我就这么让你讨厌吗？"

心里仿佛堵着一团海绵，吸饱了苦涩的滋味，变得无比沉重。

"起来吧，地上凉。"他没有回答我的问题，只是稍稍弯腰，将手递给我，"你这个笨蛋，为什么总是摔跤？每天都要摔一次吗？"

"我不是故意摔倒的。"我害怕他说我故意摔跤引起他注意这种话，所以赶紧辩解道，"我也不知道最近怎么回事，走路老是会无缘无故就摔倒，看东西有时候会突然觉得模糊，就连用手拿东西，有时候都会拿不住。"

"还是这么冒冒失失的。"陈浩叹了一口气，说，"膝盖有没有蹭破？"他一边问，一边在我面前蹲下，小心地卷起我的裤腿。

当他看到膝盖上已经干涸的血迹时，脸色变得很难看，生气地说："江琳，你怎么能这么胡来？摔成这样，为什么不去找校医包扎？竟然坐在这里坐了一整天！"

"昨天包扎过了。"我小声地嘀咕，"因为你不来扶我起来，所以我没有办法自己站起来去找校医。"

"这么说，是我的错？"他怒极反笑，将我的裤腿放下去，同时抓住我的手臂，将我从地上拉起来，"江琳，你脸皮可真厚，明明是你自己的问题，还要怪我！"

"可是……可是你不理我啊！"我低下头，不敢让他看到我眼睛里含着的泪水。

"好了，先不说这些，能走吗？"他扶着我，轻声问。

我试着往前走了一步，可是因为在地上坐得太久，双腿又冷又麻，迈一步都觉得钻心地疼。

"算了，我背你。"他放弃扶我去医务室的念头，直接转过身背对着我，"上来吧。"

我趴到他的后背上，双手搂住他的脖子。他将我背起来，一步一步朝校医务室走去。

"你啊，每天进医务室好玩吗？"他忍不住对我说，"真是，一天不看着你，你就照顾不好你自己。"

"那你就看着我啊！"我近乎是脱口而出。

然后，我和他都愣住了。

我和他都没有再说话，沉默又一次吞没了我们。我懊恼极了，好不容易他肯跟我说说话，我却说了一句让大家都尴尬的话。

我正搜肠刮肚地希望想个别的话题来说，陈浩忽然停下了脚步。

"怎么不走了？"我问他。

"有人挡道。"他说。

我下意识地朝前看去，月光不算明亮，但照亮十步以内的人和物绰绰有余。

站在陈浩面前，因为跑得太急而喘着气，甚至额头上还有一层细密的汗珠的那个人，竟然是洛苏。

"我来晚了吗？"他声音里带着疲惫，像是因为奔跑已经耗尽了他全部的力气，"江琳，你告诉我，我来晚了吗？"

"对啊，陈浩已经先来啦。"我搂着陈浩的脖子，望着洛苏，"你是来扶我的吗？"

"是啊，我是来扶你的。"他说完，沉默了一下，又说，"下午你不起来，就是为了等他吗？你怎么确定他一定会来呢？"

"但他来了啊。"我冲他笑了笑，说。

洛苏脸色蓦地一白，跟着眉头紧紧皱了起来，目光里布满迷茫与困惑："你就这么相信他？"

"是啊，我相信。"我的手下意识地圈得更紧了，"谢谢你，洛苏，谢谢你还记挂着我，不过我现在已经没事了。"

"我会送她去医务室。"陈浩淡淡地开口，"这位同学，可以麻烦你让一下路吗？"

洛苏眼神有些不甘心，长久地和陈浩对视着，最终他稍稍侧过身，让陈浩走了过去。我以为洛苏会离开，没想到他却跟了过来。

"背江琳去医务室，太麻烦你了。"洛苏说，"我记得你是叫陈浩吧？"

"的确很麻烦，因为这家伙就是个麻烦制造者。"陈浩淡淡地说，"总是笨手笨脚的，做什么都不行，走个路都能摔跤。"

"嫌麻烦的话，不如让我背她去吧。"洛苏接过话头，顺势往下说，"这么麻烦你，怎么好意思。"

"所以才让人无法放心。"陈浩瞥了洛苏一眼，那眼神我看不懂，"我以后一定会注意看好她，不会让她制造麻烦的，麻烦你这个老同学这么惦念我家江琳，应该是我过意不去才对。"

"呵，我还不知道，你和江琳是……"洛苏近乎咬牙切齿地问。

"江琳，你告诉你这位老同学，我们是什么关系。"陈浩忽然把问题丢给了我。

"我们……我们是……"我为难了。

我和陈浩是什么关系呢？或者说，我将我和他的关系定义成什么样子，他才不会生气，不会不理我？

"是什么？"洛苏盯着我的脸，眼神有一些紧张。

紧张？

我心里微微动了动，我想起这家伙的异常，难道他对我……

不会吧？

我飞快地否定这个可怕的猜想，因为怎么想都不太可能。他可是为了躲我，逃去国外念大学的啊。

"我们是最好最好的朋友。"被洛苏看得不自在的我，脱口而出的话，让我们三个人都愣了一下。

"呵。"陈浩忽然低低笑出了声音，"真是败给你了，朋友就朋友吧。"

"只是朋友啊。"洛苏却像是松了一口气，有些得意地看着陈浩，"你知道江琳喜欢过我这件事情吗？"

"不知道，也不想知道。"陈浩干脆利落地回答。

"她喜欢了我三年，追了我三年。"尽管陈浩那样说，洛苏还是继续说了下去，"她为我做了很多事情，很多很多，一件一件说的话，一整夜都说不完。"

"谁年少时没有喜欢过一两个人？"陈浩轻轻笑了笑，看着洛苏淡淡地说，"你也说喜欢过，而不是喜欢着，过去时还拿出来说，老同学，这有点儿不太好吧？"

洛苏脸色彻底变了，说："没什么不好的，或许过去时可以再次变成进行时，或者将来时呢？"

"不可能啦。"我先否认了洛苏的假设，"洛苏，你就别拿我开玩笑了！你一直讨厌我呢，这点我是知道的。你是不是还是不放心？那我再说一次好了……"

"你闭嘴！"洛苏蓦地低喝一声，打断我的话，"江琳，为什么你总是这么不可爱？"

"我们江琳一直都很可爱的。"陈浩的声音里隐隐带着笑意，好像他的心情十分愉快似的，"你放心吧，老同学，要是江琳再追着你跑，我就绑住她的腿。"

"喂喂喂，绑住我的腿，我不就没办法走路了吗？"我连忙抗议。

"反正你现在走路也老是摔跤。"他声音里曾经的那丝温柔终于回来了，"走不了路，以后我都背着你，好不好？"

心里莫名一暖。隔了这么多天，那个冷漠的陈浩，让我心脏无比压抑的陈浩，终于回来了。

"江琳，你的陈浩，还给你。"

03

医务室里，校医看我的眼神有点儿怪异，因为站在我身边一左一右的两个大帅哥。

好吧，我不知道洛苏为什么也跟着来了，但陈浩是背我来医务室的，在这里也算理所当然。

"那个，洛苏，要不你先回去吧？"我看着他站在这里，有些不好意思。

曾经我怎么追逐都赶不上的那个人，如今就这么安静地站在我身边，很容易让人心生感慨。

"你为什么总赶我走？"洛苏眉头微微皱了起来，他看着我，欲言又止，像是想跟我说什么，因为有顾忌而不能说。

"因为你在这里，也帮不到什么忙啊。"我实话实说，他站在这里，除了看着赏心悦目之外，的确没有其他用途了。

"我就想在这里陪你会儿不行吗？"他忍不住冲我吼了一声。

我不可思议地看着他，虽然他以前对我没什么好脸色，但是还不至于这样。

"有我在这里陪她就好了。"陈浩瞥了他一眼，伸手摸了摸我的头发，淡淡地说，"就不劳驾老同学你了。而且，万一将来她对你旧情复燃怎么办？到时候天天缠着你，你又要撇下她逃去国外了。"

洛苏脸色一阵红一阵白，说："你这个好朋友当得很称职啊，不觉得越位了吗？我记得她现在喜欢的人是萧天时吧？你是萧天时的好朋友，你在这里陪她，是不是有点儿说不清楚？"

医生重新给我包扎了纱布，意味深长地看着我，一副"贵圈真乱"的样子。

我顿时浑身一哆嗦。等等，医生，不是你想的那样！

"好了，注意别再摔着同一个地方了。"医生显然不给我解释的机会，边收拾东西边说，"你好像连续摔跤好几次了，我建议你去医院做个系统的检查，看看是不是神经方面的问题。"

"可是我上个月才体检过啊。"上个月十五号，我姐特地打电话让我去体检，"医生说我身体没问题。"

"保险起见，最好再去一次。"校医坚持道，"一般的小毛病，体检不太容易检查出来的。"

"好的，明天我陪她去医院。"陈浩适时插话。

"嗯，同学，你的好朋友对你真好。"医生边说边对我眨了一下眼睛。

"谁让我是她的好朋友呢？"陈浩故意将"好朋友"三个字音咬得很重。

洛苏终于肯回去了，不过离开之前，他抢走了我的手机，在我的手机里存入了他的电话号码，并且表示以后有什么解决不了的事情可以找他帮忙。

我被他的举动吓得不轻，很想问问他是不是脑袋什么地方出了问题。

我可是江琳，他可是洛苏，洛苏是最讨厌江琳的啊！不过那都是一年多前的事情了，而且老同学互相留个电话号码也没什么大惊小怪的。

这么想着，我便不再纠结这个问题。

看完医生出来，我已经可以自己走路了，当然不好再霸占着陈浩的后背，虽然我很怀念趴在他后背上那种安心的感觉。

"我送你回寝室吧。"走出医务室之后，陈浩对我说，"万一你再摔跤……"

"说得好像我一直在摔跤似的。"我嘀咕了一句，很不服气。

虽然最近不知道怎么回事，我摔跤的频率特别高，但是作为一名大学生，连路都走不好，岂不是让人笑掉大牙？

"走吧。"他递给我一只手，"还走不稳吧？谁让你在地上坐那么久的？"

我将手递给他，并没有什么触电般的感觉，只是觉得很温暖，是那种让人窝心的温暖。

"陈浩，你喜欢什么样的女生啊？"我很想知道这个问题的答案，自从

174

正视自己对他的感情之后，我就特别想知道。

陈浩的脚步有一瞬间的停滞，不过他很快又恢复了正常的步伐，想了想，说："没有什么特定的类型吧，遇到了才能知道。"

"怎么能这样呢！"我顿时有些急了，因为不知道他喜欢的女生的标准，我怎么往那个标准上靠呢？

我可不想再重复之前的错误，什么都不知道，什么都不了解，就一头扎下去，最后撞得头破血流。

"怎么？你很好奇？"他侧头，瞥了我一眼，"你在好奇我会喜欢什么样的女生？"

"才，才没有！"我连忙否认，低下头，不让他发现我涨红的脸，"我只是随便问问嘛，你看这么沉默地往前走，很闷对不对？总要找点儿话题聊聊，对不对？"

"对。"他轻笑了一声，"你就没有别的问题想问我？"

"别的问题？"我抬头看了他一眼，却正好看进他漆黑的眼眸里，那里深得像星空，看久了让人眩晕，"比如说……"

"比如说，你不好奇，我为什么会忽然不理你吗？"他终于亲口说出了这个问题。

假如宋颜没有告诉我那些，我想我一定很好奇那天到底发生了什么，只是现在，我好奇的并不是发生了什么，而是为什么。

"陈浩，你是怎么看我的呢？我是说，在你眼里，我是怎样的一个女生？"我斟酌了一下语句，尽量用最平常的方式来问他。

"怎么看你啊？"他眯起眼睛，似乎陷入了某种回忆，"冒冒失失的，爱逞强，易冲动，该说你一根筋呢，还是缺根筋？"

"喂。"我小声抗议，"你就是这么看我的啊？"

"不过，很勇敢。"他说，"有胆量对着全校女生眼里的萧天时告白，让我很佩服。"

"就这样？"我等着他的下文，可是他迟迟没有说下去的意思，"好歹我也有优点的嘛……"

"优点？"他睨视我一眼，"我怎么没看出来？身高还是体重？身材还是脸蛋？我一样都没看到啊。"

"好歹我拍照还是很好看的啊！"我怒了，从口袋里掏出手机，找出照片扬起手举到他面前，"你看，那次登山我拍的照片。"

他的视线落在了我的手机上，跟着他目光一颤，嘴角扬起来，露出了一个笑容，这次他的笑抵达了眼底："你偷拍我啊。"

"呃？"我连忙把手机收回来，这才发现我点开的那张照片，正好是他的特写。

"不，不是那样的。"我有些心虚，或许我不是故意偷拍他的，但我是故意将他的照片放进手机里的。

给他看的那张照片，是我站在高处朝下看的时候拍的那一张，层林尽染的山林间，白石道上他踯躅而行。我将这样的他捕捉进我的眼里，不小心按下了快门。

于是这张照片就留在了我触手可及的地方。

"传给我吧。"他掏出手机，"用蓝牙传给我。照片拍得不错。"

"好啊。"我将手机递给他。

他接过去，修长的手指在屏幕上滑动，那样子，像是在描绘一幅绝美的画卷。

他嘴角扬起的弧度越来越明显："偷偷藏了我这么多照片，我说小不点儿，怎么没看到天时的照片？"

"我又不喜欢他，干吗要放他的照片在手机里？"我理所当然地说道，话说出口之后我才意识到自己说了些什么。

我连忙捂住嘴巴，恨不得抽自己两个耳光！

我刚刚那句话说得太糟糕了。

"咦，我记得某人一直喜欢萧天时啊。"他像是没有发现我话里有话，笑着说，"还是你移情别恋了？"

"也不是，我喜欢他，但还没有喜欢到将他的照片放进我手机里的程度。"我只能努力弥补刚刚说错的话，却发现越描越黑。

"原来是这样。"他伸手摸了摸鼻子，被手挡住的嘴角带着抑制不住的笑意。

04

他将那张照片传到他的手机里之后，便将我的手机递还给我："嗯，这

177

张确实拍得不错。你怎么知道这个角度能把我拍得很帅？"

我真想找个地洞把自己藏进去。

我伸手去接手机，可是手机擦过我的手指，笔直朝地上坠落，好在他眼疾手快地伸手抓住了，不然我的手机一定已经摔在地上四分五裂了。

"看来校医说得没错，你的确需要去医院看看。"陈浩索性将手机放进我的口袋里，"你看你连东西都接不住。"

"太黑了，没看准嘛。"我嘀咕了一声，可这个理由连我自己都不相信。

我想起天台上宋颜递给我的那杯咖啡，也是这样泼在地上的。

我似乎……不能正确地衡量自己与物体之间的距离，可是明明我以前不会这样啊，是最近一直想心事，所以休息不充分的缘故吗？

"别想了，本来就够笨了，再想，想坏脑袋怎么办？"他伸手弹了弹我额头，说，"早点儿回去休息吧，明天下午我陪你去医院。"

"好，那就去第一医院吧，那里有个于医生认识我姐姐，我体检一直是他帮忙做的。"我想起这个月的体检差不多也该做了，正好过去一起做一下。

"嗯，到时候喊我一声。"他说着，朝我挥了挥手，转身要走。

"等一等！"我想起有件事情还没做，"陈浩，可以麻烦你帮我做一件事情吗？"

"什么事？"他转过身来看我。

"麻烦你让萧天时明天中午到学校大操场来，我有话想跟他说。"我深吸一口气，静静地看着陈浩的脸。我喜欢这个人，不是那种肤浅的喜欢，而是

178

想要永远和他在一起的喜欢，所以要做一个了结。对我，对萧天时都是。

当然还有宋颜，我没有忘记我对她说的话、做出的承诺，我还欠她一个坦白。

"几点钟？"他没有多问，只问了这个简单的问题。

"一点钟吧，反正明天是周三，下午是社团时间，没有课程。"我说。

"好。"他点点头。

这次我没有喊住他，我站在寝室门口，看着他缓缓走入夜色里。

很想告诉他我有多喜欢他，可是现在还不行，现在的我……还不行。

我期待明天快点儿到来。

这一晚，我睡得分外安心。

因为，他跟我说，你的陈浩，还给你。

这是不是意味着，我对他来说，仍旧是特别的，并非无趣的那一类人呢？

第二天，我起了个早，在衣柜里翻找合适的衣服，今天下午陈浩可是要陪我去医院看医生的。

"我说江琳，今天是有什么好事要发生吗？你都笑得合不拢嘴了。"苏沁忍不住说，"这么在意穿什么，你是要和萧天时约会去吗？"

"不是约会，我今天要对萧天时告白！"我笑着对苏沁说，"你也可以来围观，下午一点，学校大操场。"

"搞什么鬼？"苏沁愣住了，"你不是对他告白过吗？对了，他是怎么回应你的告白的？"

“下午你就知道他会怎么回应我了。”我最终找了一件红色的呢子大衣，穿上马丁靴，再戴上一条围巾，和苏沁一起出了寝室。

像往常一样，我们先去餐厅吃早饭，再去上课。

上午第二节课后，我去找了宋颜，让她帮我做了一件事情，然后告诉她下去一定要去大操场。我答应她的事情，将在那里全部实现。

苏沁整个上午都在问我，下午对萧天时告白有没有信心。

我怎么能告诉她，我一点儿信心都没有？这么说了，她一定会揍我一顿，没把握的仗都敢打，是自找死路吗？

不过我下午的确是去自找死路的。

吃过午饭之后，我就和苏沁先去了操场。离一点钟还有十分钟的时候，学校的广播里传出这么一条播音消息：“今天下午一点，江琳同学将对萧天时正式告白，地点在大操场，想围观的同学，现在就可以前往大操场占据最佳观赏位置了。”

“江琳，你疯了！”苏沁一脸不可思议地看着我，活像见了鬼，“刚刚的广播是怎么回事？”

“哦，我拜托了一个朋友帮我去发布的。”我说，反正全校同学都知道我喜欢萧天时，都听说过我对萧天时告白的事，那么再来听一次也无伤大雅。

“你真的疯了。”苏沁的眼神，就像是在看一个疯子，“万一萧天时拒绝你怎么办？”

“拒绝我最好。”我说。

苏沁已经完全听不懂我在说什么了。不过没关系，等一会儿她就能明白

180

我到底想做什么了。

因为刚刚的那则广播，很多人都朝大操场走来，我站在操场中央等着萧天时的到来。

先到的是宋颜，跟她一起来的还有陈小染，陈小染跟苏沁一样，毫不掩饰自己看疯子一样的眼神。

我冲她笑了笑，其实我很感激陈小染，若不是她让我加入登山社，大概我这一辈子都不会明白，喜欢与爱的区别到底是什么。

我更感激宋颜，是她剥开血肉，掏出那些鲜血淋漓的过往，让我明白我对萧天时不过是一时的悸动，不过是最浅层次的喜欢而已，所以我一直想为她们做点什么。

萧天时来得很准时，他显然也听到了那则广播，脸色并不太好，因为那则广播，相当于他要在全校人面前给我一个答案。

陈浩是和萧天时一起来的，他站在人群里，冲我点头微笑。

他会明白我吗？明白我为什么用这样的方式和萧天时告白？明白我为什么要第二次对萧天时告白吗？

我的视线从围观人群中扫过，当看到洛苏也在其中时，我愣了一下，他怎么会在这里？他来做什么？

我不认为他对我的告白感兴趣。

重遇之后，他的种种失常，大概是因为我忽然不再迷恋他的缘故吧！

原来一直追在身后的人，一下子追在了另一个人身边，换成任何人，都会有些在意的。

不过随着时间的流逝，这种在意也会消失的。

因为他不喜欢我，不是吗？

我缓缓走到萧天时面前，闭上眼睛，平复了一下心情，等到心跳恢复正常的时候，我才睁眼看着他。

他反倒有些紧张，大概是因为从来没有女生弄出这样的阵势对他告白过。

"我是江琳。"和第一次跟他告白时一样，我先作了一个自我介绍，"我喜欢你很久了，萧天时。你准备好当我朋友了吗？要不要现在来个火辣辣的法式热吻，试试你对我来不来电？"

萧天时眼里闪过一丝惊讶，大概他想起这是我第一次对他告白时所说的话。

05

"不是已经告白过一次了吗？"他轻声说，"第二次，也该有点儿新意吧？"

"我第一次见你，就觉得你长得像我的朋友，你觉得我像你的朋友吗？"我微笑着看着他的双眼，想从那里看到他真正的情绪。

周围静得可怕，所有人都自觉地不发出声音，他们都看着我和萧天时，都在等着萧天时的回答。

"还真是一模一样呢。"他笑了笑，掩饰尴尬似的说道，"为什么让这么多人来围观？很像动物园里的小动物似的。"

"你可以无视那些看客，因为你不需要顾忌他们的感受，你唯一要面对的人是我，不是吗？"我不让他扯开话题。

"为什么不换一段告白词？"他莞尔一笑，"一模一样的告白，为什么？"

"因为这个告白，你还没有给我答案。"我将理由说给他听，"因为没有得到回应，无论是拒绝也好，答应也好，总归需要一个回应，不是吗？"

"你说的也有道理。"他点点头说。

"那么，你的回答呢？"我追问他，"是答应我，成为我的朋友，还是拒绝我，告诉我你有喜欢的人了？"

他愣了一下，似乎没有想到我会这么说。

"拒绝的理由，一定要是因为我有喜欢的人？"

"对，只有这两个选项，你选哪一个！"我不让他有退缩的机会，因为我已经做到这一步，我不允许自己失败。

其实我要做得很简单，只是想让他不要再敷衍地拒绝别人了，让人抱有希望地等待，最后收获绝望的滋味不好受，要么利落地接受，要么心狠地拒绝。喜欢一个人是一件温暖的事情，容不得敷衍，那是对别人最大的不尊重。

"我知道有很多人都喜欢你，你大概也很享受这种被女生喜欢着的感觉吧。你们男生都这样，一面表现得高高在上，觉得那么多女生喜欢自己，很烦人。可是你敢说，没有因为女生的喜欢暗自得意吗？"我毫不避讳地将心里所

想的说了出来，"所以，萧天时，不要敷衍我，给我一个确切的答案。"

我的视线从他脸上挪开，看向站在人群里的宋颜和陈小染。

她们脸上的表情很奇怪，宋颜的眼睛很亮，大概她已经知道我想做什么了。她见我看向她，动了动嘴巴，像是想要跟我说什么。

不过最终，她只是朝我笑了笑，什么都没有说。

陈浩站在那里，静静地看着我，目光清澈如水，带着一丝鼓励的意味。

我的心越发坚定起来。果然，他明白的，大概他从一开始就明白我想做什么吧。

我眼角的余光瞥见洛苏，他神色有些怔忪，像是被什么问题困扰住了，脸色苍白，眸子宛如琉璃一般透明。

我重新将视线移到萧天时脸上，他沉默着，只是站在那里。

"很难吗？"我问他，"一个拒绝，一个干脆利落的拒绝，很难吗？"

"我不太会拒绝别人。"他终于开口说，"从小到大，我都不懂得怎样拒绝别人，我以为委婉地敷衍，可以不造成伤害。"

"不喜欢，本身就是一种伤害。"我耸耸肩，并不认同他的看法，"没有办法回应别人的感情，这就是一种伤害。你不会是……有喜欢的人了吧？"我看着他，有些无奈，我原本不想戳穿这一点，但他比我想象中的更加优柔寡断，"难道不能为了喜欢的人拒绝那些想要靠近你的人吗？不懂得拒绝，不只是在伤害喜欢你的人，同时也在伤害你喜欢的那个人，你明白吗？"

他终于有了反应，目光猛烈地颤动了一下："是谁告诉你我有喜欢的人？"

　　"没有吗？"我问他，"萧天时，不要让喜欢你的人失望，假如你连自己喜欢的人都不肯承认，那么你就没有资格去喜欢对方。"

　　"你在害怕什么？"看到他犹豫不决的样子，我有些生气，"害怕为了一棵树放弃整片森林？害怕如果那样说了，就不会有那么多女生喜欢你了？那样，你就享受不到众星捧月的感觉了？"

　　"不是那样的。"他急忙想要解释，"不是你说的那样。"

　　"那是怎样的？"我大声问他，"萧天时，你敢不敢有出息一点儿？明确拒绝我很难吗？承认你有喜欢的人，无法跟那些喜欢你的人在一起很难吗？"

　　"我只是……我只是害怕。"他喃喃地说了这么一句话，"你知道为什么我没有像对待其他人那样，在你对我告白的时候，说一些委婉的话来安慰你吗？"

　　"为什么？"这一点我的确不是很明白。

　　"因为我羡慕你的勇气。"他笑了，很不好意思的样子，"你敢直截了当地让我当你的朋友，我却不敢让别人不要喜欢我，我也不敢去对喜欢的人说，会一辈子都喜欢她，会安慰她，让她不要总是担心我被别人抢走。我给不了她安全感，我不知道怎样才是最好的拒绝，我也知道我这个样子……太不像话了啊！"

　　四周忽然响起一阵窃窃私语，所有人都难以置信地看着萧天时，因为这是他第一次在众人面前说出这种话。

　　"对所有人温柔，是暖男，是偶像；对特别的人温柔，是高傲，是冷

漠。可是，我宁愿你成为高傲冷漠的人，也不要你成为偶像。"我说完，转身就走，"对不起，萧天时，你无法拒绝我，就让我来拒绝你吧！我不喜欢你了，我江琳，不喜欢萧天时！"

周围的议论声大了起来，我顶着所有人的目光，转身朝陈浩所在的位置走过去。

他就这样静静地站在那里，一动也不动，目光始终柔柔地落在我的身上。

"江琳！"萧天时忽然喊住我。

"什么？"我转身看了他一眼，他的表情变了，变得更坚毅了一些。

"谢谢你。"最终，他这么对我说。

"不用谢。"我回应他，然后拽着陈浩挤过里三层外三层的围观人群往外走。

"很威风啊。"陈浩压低声音，用只有我和他两个人能听到的声音说道。

"因为我是江琳啊。"我说。

拥有与失去 **08** 第八章 CHAPTER

ARE BLOOMING AS ME

你说你会回来，哪怕翻山越岭，哪怕漂洋过海。我便等过一个又一个花季，百花已开到荼蘼，物换星移，四季轮替，我蹲在家门口望着你离去的方向，你在哪个乌衣巷，流连忘返。

01

我不知道有多少女生恨我，多少女生感谢我，我只知道，这样一来，宋颜就不用那么痛苦，我帮不了她，我也无法帮她获得答案，我只能用我自己的方式，让她放弃萧天时。

无论是她还是陈小染，她们都值得更好的男生去爱，去呵护。

"在想什么？"陈浩推了推我，柔声问我。

"陈浩。"我扭头看他，"一会儿看完医生，我有话想对你说。"

"好，我等着你。"仿佛已经知道了我要对他说什么，他冲我微微笑了笑。

这便是我喜欢的人，只对我一个人微笑，只对我一个人温柔。

公交车到站，陈浩跟我一起下了车。来之前我给于医生打过电话，所以一进门就看到他站在门边等着我。

"这次这么乖，主动来体检？"于医生看到我就忍不住数落我，"进去吧。这位是……"

"他是我朋友。"我连忙拉着陈浩介绍道，"这就是我说的于医生，我姐姐的同学。"

"你好。"陈浩淡淡地跟他打招呼。

"你好。"于医生冲他点了点头，算是回应。

"于医生，我最近走路老是莫名其妙地摔跤，有时候看东西还会有点儿模糊，拿东西也出现过好几次拿不到的情况。"我想起校医吩咐我的话，便问于医生，"校医让我来医院看看，是不是神经方面出了问题。"

于医生脸色变了变，眉头皱了起来，问道："这种情况，持续了多久？"

"我也说不清楚，好像一直走路不太稳，经常摔跤。"我将衣袖撸起来，让他看我的手肘，"你看，上次摔跤蹭破的。"

"你跟我进来一下，你朋友先在外面等一会儿。"于皎说着，手插入口袋，掏出手机，像是要给什么人打电话。

陈浩在长凳上坐下，示意我不必管他。

我跟着于医生进了诊断室，于医生这时候也打完了电话，将手机塞回了口袋。

他让我在一张凳子上坐下，给我做了几个常规检查，然后就把我晾在

一边，一个人坐在办公桌边发愣。

"于医生？"我见他一直不说话，忍不住拿手在他面前晃了晃，"我没什么问题吧？"

"江琳。"于医生神色复杂地看着我，好一会儿才从抽屉里取出一本病例递给我，"本来不想告诉你，但……我觉得还是让你知道比较好。"

"怎么了？"看到那本病例，我稍稍有些不安，"这是我的病例？为什么我会有病例？我又没有生病。"

"你是不是喜欢那个男孩子？"于医生很严肃地问我，全然没有开玩笑的意思。

我原本还有些不好意思，但是看到他这个样子，便收起了那份羞涩，大方地承认："是的，我很喜欢他，那种想永远和他在一起的喜欢。"

"那我就必须告诉你。"他将按在病历上的手移开，然后将病例递给我。

我困惑地将病例接过来，翻开第一页，字迹我能看得懂，才看了几行，我便不解地问于医生："脊髓小脑变性症，这是什么病？我怎么从来没听过这样的病？很严重吗？"

于医生的眼眶有些红，脸色很不好，他的样子让我觉得这不是小病。

"治不好吗？"我忍不住问，"会怎样？"

"这个病，初期你会走路走不稳，容易摔跤，看东西有重影，无法准确判断你与物体之间的距离。"他的声音压得很低，带着一丝悲伤的情绪，"到中期，你会发音不准，无法说话，走路困难，无法写字，吃东西容易呛到。"

"后期呢？"我听见自己的声音在颤抖，我很想告诉自己这些都是骗人的，可是我现在有的症状，不就是发病初期会有的症状吗？

"后期，说话极不清楚，甚至无法说出任何语言。肢体乏力，不能站立，需靠轮椅代步。理解能力逐步下降，最后失去意识，永远无法醒来。"

我脑中一片空白，整个人宛如置身北极寒冰中："那……能治好吗？"

于医生移开视线，不忍心看我，也没有回答我的话，可是他的表情再次出卖了他。

这种病是治不好的。

我看了一下病历上的日期，是三年前，也就是我高二那年，从楼梯上摔下去那年。他们谁都没有告诉我，我得了这种治不好的病。

我以为我会摔跤，只是偶然，只是太冒失，我以为看东西看不清，拿东西接不住，只是因为太疲惫没有休息好。

现在却突然之间让我了解，早在三年前我就得了不治之症，这是多么残忍的一件事情。

还有那个我爱着的少年，我想与他白头到老，永远走下去。

真可笑，一个没有未来的人，哪里有什么永远？我的终点，抵达不了他在的对岸。

在我奋不顾身、一往无前地喜欢一个人时，从未考虑过未来；在我想

要一个未来时，我早已寸步难行。

"我还有多久可以活？"我用力忍住眼睛里的泪水，我不能哭，至少现在不能哭，不然陈浩看到我红红的眼睛，一定会问我，那时候的我，要怎么回答他呢？

"三年前，你就被诊断出患有这个病，虽然这些年，每月一次的治疗没有间断，但这也只是延缓了你进入中期症状的时间而已。从你最近频繁出现的症状来看，用不了多久，你就会无法走路，无法说话。"

"那到时候，是不是脑海里记着的那些人和事，都会开始遗忘？"我哽咽着问，"是不是最后，我会将所有人都忘记？"

"不，不会。虽然身体机能倒退，但是你的智商不会衰减，你全部的记忆都会原封不动，一直陪着你到最后的时刻。"于皎摘下眼镜，伸手抹了一把眼睛，"对不起，江琳。"

"不要说对不起啊。"我的眼泪怎么忍都忍不住，"别说对不起。"

"我是医生，可是我救不了你。"他的声音已经带了一丝哽咽，这么久以来，他一直都知道我的病症，却什么都不能对我说，面对着一个他注定救不了的人，他应该比我更加难过吧。

"不会遗忘就好。"我紧握着双手，"这些年，轰轰烈烈，没心没肺的，其实很开心，不会遗忘就好了，这样喜欢的那个人，就能陪我长眠吧。"

"于医生，我能拜托你一件事吗？"我擦掉眼泪，微笑着看着他。

"你说，只要我能做到。"他急忙说。

"别告诉外面的那个人我喜欢他这件事情，你就当不知道。"原来我想看完医生后，我就跟陈浩告白，可是现在的我，已经连这种事情都做不到了。

"我答应你。"他点头说，"我不会告诉他的。"

"谢谢。"我由衷地感谢他。

02

我趴在水池边，用冷水洗了一把脸，然后用纸巾擦掉脸上的水珠，这才去找陈浩。

他还坐在那里玩着手机，神色也没有一丝一毫的不耐烦，像是无论等多久都没有关系。

我走过去，笑着喊他："陈浩，走吧，已经看完医生了。"

"医生怎么说？"他收起手机朝我走来，"没什么大问题吧？"

"陈浩，你还记得我之前跟你说，我看完医生有话跟你说吗？"我看着他的眼睛，微笑着说，"走吧，我们坐公交车回学校，当我一只脚踏进学校大门的时候，我把想说的话，说给你听。"

"好。"他神色温柔，把手递给我，我轻轻将自己的手放上去。

他的掌心洁白干净，很温暖，我仔细摩挲着他掌心的纹路，想要印刻进脑海中。我想要用心去铭记他的每一个目光、每一点温暖，这样在我无

法走路、无法说话的时候，可以将这些拿出来细细回味，那么，最后的日子，就不会觉得寂寞了吧！

"陈浩。"我轻声喊他，"你抱抱我吧。"

他站住，不解地看着我，不明白我为什么忽然说这句话。

我松开他的手，张开双臂，重复道："抱抱我吧，陈浩。"

他伸手抱住我，我把脸埋在他的胸前，他有力的心跳声传入我的耳中，一下一下，节奏有变快的趋势。

你喜欢我吗？

这一瞬间我想问他，可我什么都没有问。

我往后退开一步，离开他的怀抱，然后走在他前面，朝公交车站台走去。这应该是最后一次我与他坐同一辆公交车了吧！

于皎告诉我，刚刚他已经打电话通知了我的家人，他们很快就会赶到这里来。

我需要尽快住院接受治疗，进入中期之后我就随时都会有生命危险。

早上睁开眼睛的时候，我以为今天会是一个崭新的开始，可是转了个身，一切都已经变成了面目全非的模样。

总觉得太快了，突然之间杀了我一个措手不及。可是想想又不觉得不快，因为在三年前，我就已经得了这种病。

医生说，像我这样三年才进入中期的，已经算是发病缓慢的，我是不是应该庆幸我的一无所知，才能让我肆无忌惮地喜欢上这样一个人？

我侧过头看着坐在我身边的陈浩，第一次见他，他嘲笑我的矮小，揭穿我的不勇敢。他就用那样戏谑的模样闯入我的生命里，画下最重的一笔。

我想起宋颜告诉我，大一开学的时候，是陈浩看到了雨中的我，若不是一通电话叫走他，我会不会更早就喜欢他，中间不用隔着一个萧天时？

大概该遇见的人，迟早都会遇见，哪怕中间错过了整整一年的时光。

公交车微微有些颠簸，但是很舒服。

我将头靠在陈浩的肩膀上，我感觉他将头靠过来了一些，心里暖到发疼，他喜欢我吗？

他喜欢我吧！

忽然间，我希望这辆公交车不要停，永远这样无止境地开下去，这样我就可以永远不对他说接下去要说的那些话。

上帝一定跟我开了一个玩笑，让我在充满希望的时候，刹那间坠入绝望。

无论我多么希望这辆公交车不要停，它还是抵达了终点站。

这里是起点，同样也是终点。就像我和陈浩，在这里踏上起始站出发，又在同一天乘着同一班车驶入终点站。

"你想对我说什么？"他轻声问我，眼神隐隐透着一丝期待。

我不敢看他的眼睛，我害怕我说不出来。我往前走了几步，站在学校的大门前。他走到我身边，在原地站定。我往前走了一步，然后转头看他。

我说："陈浩，我想跟你说一声再见，或者说永别更为恰当。"

他愣了愣，根本没有想到我会说这些话："什么意思？"

"我之前说，看过医生有话想对你说。"我笑着说，"现在我就告诉你，陈浩，我生病了，很严重的病，好不起来。"

我看着他越来越苍白的脸色，强忍着掉头逃跑的冲动继续往下说："我不知道该怎样跟他们道别，我不知道要怎么告诉他们这个消息，刚刚看医生是去确诊，我一个人没有勇气，所以让你陪我一起去。"

"你就是想告诉我这些吗？"他轻声说，"还有呢？"

"还有，告诉萧天时，我那样做，是因为自己生病了，没有办法再喜欢他，所以故意伤他的。"我闭上眼睛，这样眼睛里的泪水就不会涌出来。

"你说谎！"他一把抓住我的手臂，"你睁开眼睛看着我，你看着我的眼睛再跟我说这些话！"

"陈浩！"我不敢睁开眼睛，哪怕我已经听到他声音里的哽咽，"不要这样，就算是答应一个将死之人，替我完成最后的心愿好吗？我已经快死了，快死的人，是不会说谎的，对吗？"

"明明就是在说谎啊。"他猛然抱住我，将我的头按在胸前，"这样就可以睁开眼睛了吧，明明是个大笨蛋，偏偏还要说谎，你不知道我很聪明吗？不知道你的谎言在我面前，从来就不生效吗？"

"不喜欢。"我颤抖着声音说，"不喜欢你，我不喜欢你。"

"我知道。"他闷声说，"所以总是摔倒，是因为生病吗？为什么不早点儿告诉我？早点儿告诉我的话……那一晚，我就不会把你一个人丢在山林里了啊！"

　　该怎样告诉他，我也是才知道我生了这么严重的病呢？

　　"早点儿告诉我，就不会让你在地上坐了那么久；早点儿告诉我，就不会不理你，不会假装没看到；早点儿告诉我，至少我可以在你摔跤的时候，用力抱住你。"他喃喃地在我耳边说，手慢慢收紧，像是害怕一松手，我就消失不见了。

　　他喜欢我吗？

　　是喜欢的吧。

　　"为什么不早点儿告诉我？"一滴温热的液体落入我的衣领，"为什么不告诉我……"

　　"因为我最讨厌你了啊。"我埋在他的胸前说。

　　"嗯，我知道，我也……最讨厌你了。"

　　03

　　他将我送到寝室门口，紧紧抓着我的手，怎么都不肯松开。

　　"够了吧。"我说，"我要进去了。"

　　"明天，还能再见吗，江琳？"他深黑色的眼眸注视着我，"还能再见吗？"

　　"可以的。"我点头说。

于是他轻轻松开了我的手。我转身朝寝室大门走，才走了几步，他就从背后紧紧抱住我，说："怎么办，江琳？一想到要和你永别，我就有点儿难过。"

"就当我去远行了。"我低声说，"就当我只是个老朋友，总有一天，老朋友会被淡忘，过些日子你就会忘记江琳这个冒失鬼了。"

"需要多久？"他问我，"需要多久才能淡忘？"

"很快的。"我挣脱开来，然后飞快地跑进寝室楼。

我趴在开水房的墙壁上，再也忍不住大声哭了出来。

有女生来打水，见到我哭，递给我一张纸巾，我接过来，还不忘对她说声"谢谢"。

明明江琳不是个爱哭的女生，明明江琳是个耐得住打击、经得住挫折的女生，为什么这一次，却觉得怎么也扛不住这些打击了？

平复了一下心情，擦干了眼泪，我缓缓地朝寝室走。寝室里大家都在，苏沁窝在床上玩电脑，我拿出平板电脑，搜索病历上的那种病症。

一同搜索出来的，还有一部名为《一公升的眼泪》的电视剧。电视剧的女主角跟我一样，也患有这种病。

我忽然想看看，这种病的中后期到底是什么样子的，也算是提前看一看自己注定要走的那段路。

我点开来看，还未进入正片，仅仅只是开头，女主人公写在本子上的话，就让我在一瞬间泪流满面。

她写的是——

妈妈，我能结婚吗？

我将这部电视剧从头看到尾，女主角很坚强，比我坚强多了，就算有泪也是含在眼睛里，不让它们掉下去。

可是我，却从头哭到了尾。

没有得这种病，永远不可能真正感同身受。将来的我，会无法走路，无法说话，吃东西都有可能呛死，这样的人，哪里有什么未来？

"江琳，你怎么哭得这么厉害？"苏沁发现了我的不对劲，"你到底在看什么啊？看一整天了，你也哭了一整天，真的那么好看吗？"

"很好看。"我冲她笑了笑，抬手擦掉了脸上的泪水，我不知道要怎么告诉她，可能明天就见不到我，并且是永远也见不到我了。

明明一点儿预兆都没有，一切都好好的，前一天还热热闹闹的，下一秒却说我可能很快就要死了，谁会相信呢？

大概都会以为我在恶作剧吧，谁叫江琳一直都是个冒失鬼！

想到这里，我就笑得停不下来，笑着笑着，就哭了。

姐姐是第二天傍晚的时候抵达这座城市的，跟她一起来的，还有我的爸爸妈妈。那时候我刚洗完澡打算睡觉，姐姐打电话告诉我，他们就在C大的大门外。

我知道，我离开这所学校的时间已经到了。

这种病进入中期，就不能再留在学校里了。

为了不让室友们知道，我特意嘱咐姐姐和爸妈都等在校门口，等我自己出去。

于是，我下床开始收拾东西。

苏沁不解地问我："这么晚，你收拾东西干什么？"

"刚刚我姐打电话告诉我，家里出了点儿事，我要回家一趟。"我笑着对她说，不想让她发现蛛丝马迹。

"那什么时候回来？"她走过来帮我一起收拾东西，"还有一个月就要期末考了，可不能亮红灯啊。"

"嗯，就几天。"我应声。

很快就收拾出一箱子的衣物，剩下的我便不再收，以后一定会有人来帮我收拾的。

这么想着，我不禁多看了几眼我生活了接近两年的地方，笑着和寝室里的每一个人道别，最后将寝室的门关上，一个人拖着行礼箱子往外走。

天色已经暗了，晚霞为大地镀上了一层绯红色。

我想了想，给陈浩发了一条消息，只有两个字——

"再见。"

将手机收回口袋，我慢慢地行走在校园里。

我仔细地看着眼前的事物，企图将这里的一草一木都刻入脑海，要是大脑是个摄像机就好了，这样只要看过一遍就能印刻下来，永不会忘。

走到校门口的时候，我看见爸妈和姐姐穿着厚厚的棉衣站在门口，一学期没有见，好像隔了一年没见似的。

爸妈头上的白发又多了，姐姐的黑眼圈又重了。

我走过去喊了一声："爸妈、姐，我来了。"

他们一起朝我看过来，看着我的眼神带着一丝愧疚。

妈妈跑过来抱住我，哭着说："小琳，对不起，一直瞒着你。你都知道了吗？"

"嗯，都知道了。"我反手抱住她，轻轻在她后背上拍了拍，"不要哭，妈妈，这几年我过得都很开心，谢谢你们没有告诉我，才能让我轻松地过了这么多年。走吧，现在就走吧，不要让于医生等太久。"

"江琳。"姐姐走到我身边，她的眼睛红红的，像是刚刚哭过，"不和那个少年道个别吗？"

"啊？"我愣了一下，她伸手指了指，我转过头便看见陈浩弯着腰喘着气，站在离我十步开外的地方。

他赶来了。

我转身朝他走去，他却用更快的速度朝我跑来。

我不过走了一步，他却将我没有走完的九步都走完了。

"要走了吗？"他轻声问我，"可以告诉我，是在哪家医院吗？"

"就是你陪我去的那一家。"我不打算瞒着他，我从未想过不让他知道我在哪里，"那家医院，比我们家那边的医院要好些，尤其在我这种病的那个领域，所以我家人会让我在这里接受治疗。"

"好，那我有空就去看你。"他向我承诺。

"好。"我点点头回应他。

04

住院的日子总是很无聊，距离我从学校出来，已经过去了整整一个月。

我的病情果然和于医生说的一样，急剧恶化，一下子就从初期进入了中期。现在的我，已经不是走路会摔倒，而是根本无法站立行走了，就连说话都很费力，一句简单的话，我要说上好久才能让人听明白。

我的病房设在顶楼，是于医生安排的，这里比较安静。病房里有一扇很大的窗户，我坐在床上就能看到窗外的风景。

外面，下雪了。

今天应该是期末考试的日子吧！

我想起走的时候，苏沁让我早点儿回去，不然考试要挂科了。

看来，我还真是要挂科了呢！

这里很安静，静到几乎可以听见落雪的声音。时间走得非常慢，从早上到晚上，明明只有十几个小时，可是对我来说，却无比漫长。

我什么都做不了，只能靠坐在病床上，回忆脑海中能想起来的全部事情。

正当我回想到和陈浩他们去登山的那一天时，病房的门忽然被人推开了。

"江琳！"有人哭着朝我扑过来。

我僵硬地回头看了一眼，扑过来抱住我的人是苏沁。好多细碎的脚步声跟着传来，我抬头看，只见病房门口来了很多人。

宋颜、陈小染、萧天时，甚至还有洛苏，寝室另外两个人也来了，还有几个平常处得比较好的同学。

陈浩站在人群后面，大大的帽子挡住他的脸。

他藏在最后面，我看不清他脸上的表情。

"江琳，你竟然骗我，说好过几天就回来的，我们不是说好了吗？说好的几天，你现在躺在这里是怎么回事？"苏沁哭着数落我，"你竟然连道别都不说一声？我们不是朋友吗？"

"对……对……"我费力地想说声"对不起"，可是声音却怎么都无法按照我的意愿正确地发出来，我急得眼泪都落了下来，却还是说不出一句完整的"对不起"。

"不要说对不起，我才不接受你的道歉。"苏沁伸手帮我擦眼泪，"要好起来，我还等着你回去，我们一起去吃早餐、一起八卦、一起上课，我等着你！"她说完转身就跑出了病房。

我的视线追着她没入人群，想喊住她，可是嗓子里除了单调的声音之外，什么都无法发出来。

"不要说话，不要着急。"宋颜在我的病床边坐下，"没关系的，一会儿我会跟她说的。"

我顿时松了一口气，苏沁是我进入大学以来交的第一个朋友，我很珍

惜和她之间的友情。

"我和小染都曾讨厌过你，也曾羡慕过你。我知道你不希望看到我们难过，但是江琳，我觉得不来跟你道声再见，会永远留下遗憾的。"宋颜红着眼睛对我说，"谢谢你，最后的最后，谢谢你，江琳。"

我对她笑了笑，一字一句地说："不……要……哭，笑笑，我……喜……欢……"

她就笑了起来，可是眼泪也跟着坠落。

她说："你看，你把我弄哭了！江琳，你这个坏家伙，你这个坏家伙，我和小染说好了，谁都不可以哭。"

我看向陈小染，她低着头，眼里也有晶莹剔透的液体坠落。

"真幼稚啊，江琳。"洛苏的声音从后面传来，他声音里也带着浓浓的鼻音，"你既烦人又幼稚，还自以为是，擅自决定喜欢我，又擅自决定不再喜欢我，从来不询问我的意见。"

我静静地看着他，他走过来蹲在我的病床边，握住我的手凑近唇边，轻轻印下一个吻："你真残忍，你知道吗？你在我知道原来我是喜欢你的时候，忽然消失得无影无踪。"

"不要这样看着我，我自己知道这有多荒唐！江琳，你要对我负责啊，你让我习惯了你一直追在我身后，将来你不在了，我到哪里去找第二个江琳呢？"他低着头，碎发遮住了眼睛，我看不到他琉璃一样的双眸里是不是含着泪光。

喜欢我吗？

他回来后遇见我的种种异常表现，是因为喜欢我吗？

不是没有想过，而是不敢想啊，芝兰玉树一样的少年，喜欢我这样的人，我江琳又是何其幸运呢？

我心里满满的、暖暖的，还有一点儿轻微的疼。

"谢……谢……"我用力对他说出这两个字。

"谁要听你的谢谢。"他说，"我可能永远不会再回国了，我会申请回美国念书。江琳，这片大陆已经没有你了，保佑我，别再遇见一个像你这样的家伙了，我害怕那样会永远也忘不掉你。"

"好。"我保佑你，洛苏，保佑你遇见一个比我好一百倍一千倍的女孩子，好到你永不会再记得我。再见，洛苏，再见。

"你们一个个把我要说的话都说完了，让我说什么？"萧天时没有走近，他就站在原地看着我，"江琳，谢谢你让我面对自己，让我不再逃避下去。假如我先遇见你，我发誓我一定会爱上你的。"

我轻轻笑了起来，这个水墨晕染的少年啊，初见时便带着一身风雨而来。

其实洛苏和萧天时，都是惊艳时光的少年，老天让我遇见他们，让我追逐他们，想起来其实也是一段美丽的往昔吧。

那天他们在病房里陪我说了很久很久的话，多半是他们在说，我在静静地听。从头到尾只有陈浩一言不发地藏在这些人的最后面，直到将他们都送走，他才折回我的病床前。

他带来一把雪，洁白的雪被他捧在掌心里。

他说："想摸摸看吗？"

我点点头。

他拉过我的手，轻轻放在了雪上。

冰冷的雪，还是记忆中那样寒寒刺骨，他只让我触碰了一下，就把我的手拿开了，害怕冻着我。

"对不起啊，我也没有打算让他们来的。"过了好久好久，他终于开口说道，"你让我帮你同他们道别，他们都不接受那个道别。"

"我……很……很……开……心……"我缓缓地对他说，"谢谢。"

他说："你对他们都说了喜欢，为什么不对我说声喜欢呢？"

"最……最……讨讨……厌……"我得意地看着他。

"最喜欢。"他说，目光清冽，"应该是最喜欢。"

我抿着唇就是不肯说。

对不起，陈浩，唯独你，只有你。

"最……讨厌……"

05

意识到自己总想睡觉，时间不知不觉又过去两个月了。

于医生说我的病情已经无法再缓解，因为之前做过那些治疗，现在都对我不管用了。

我在通往永远沉睡的那条路上，做着加速运动。

当窗外第一朵桃花盛开时，姐姐走进病房，帮我穿好厚厚的衣服，然后爸爸妈妈走进来，他们都对我笑着，像是让我不要觉得悲伤。

这一天，还是要来了吗？

陈浩从外面走进来，他也穿着一件厚厚的羽绒服。姐姐把我扶上他的背，轻声说："小琳，姐姐擅自做主，让你和陈浩出去玩一天。"

我不解地看着她，这个时候我已经无法发出一丁点儿声音了，只能看着她，试图让她明白我的困惑。

"我记得你最大的心愿，是和喜欢的人一起去看黄山上的飞来石。去吧，好好看一看，以后做梦……一定会梦见的。"她说完，努力对我扬起嘴角，其实我知道，她就快要哭出来了。

我扭过头去不看她的脸，我知道他们不想让我看见他们哭。

那么我就看不见吧。

陈浩和他们道别后，背着我走出了病房。于皎跟我们一起去，以防我有什么突发状况。

早春，外面还很冷，他们把我裹得严严实实，是害怕到了山顶我会冷吧。

于医生负责开车，这次不是大巴车，是一辆小面包车。

早春的黄山，到处都是脆嫩的树芽，等到再过段日子，这里就该苍翠一片了。我趴在陈浩的背上，贪婪地看着四处的风景。

上一次来这里，是深秋，层林尽染，这一次是初春，满山新绿。

　　陈浩一路背着我，于皎买了缆车票，将我和陈浩送上了山顶。山顶果然很冷，好在我们穿得都非常多。

　　"江琳，江琳，你醒着吗？"陈浩每隔一会儿就要问我一下，我用手用力地按他的肩膀，让他知道我还醒着。

　　"要是累了就告诉我，看飞来石还要走一小段台阶，马上就到了。"他轻声跟我说，"为什么不早告诉我，你想和喜欢的人一起来看飞来石？"

　　因为没有来得及啊。

　　我在心中默默地答。

　　"真后悔，为什么那天要让天时去给你撑伞。"他说，"不然我们就不用浪费那么多的时间了。"

　　不……其实该庆幸给我送伞的是萧天时，让我没有来得及告诉你"我爱你"这三个字。

　　这样就好，只要你不知道我有多喜欢你，你的痛苦就会少很多吧。

　　只要你可以少哪怕一点点的疼痛，我都愿意将这三个字带入地底，永不对你说出口。

　　"你看，飞来石已经可以看到一点点了，等我再往上走一点儿，就可以看到全貌了。"陈浩稍稍抬高声音对我说，"江琳，你醒着吗？"

　　醒着啊，我用力按了按他的肩膀。

　　我吃力地抬头去看，眼皮子却开始变得很沉重，我只能朦朦胧胧地看到石头的顶端露了出来，想看仔细一点儿，却根本没有力气睁开眼睛了。

"江琳，等到你看到完整的石头，告诉我你喜欢我，好不好？"他喃喃地说，"江琳？"

我想按他的肩膀，却发现手臂很重，我已经无法抬起我的手臂了。

"呵，你肯定又要说，最讨厌我了，我知道。"他声音里有一丝忧伤和失落。

可是明明你也从未说过你喜欢我啊，为什么要我说喜欢你呢？

我好笑地想，却用力抬起手臂，在他后背轻轻描画，一撇一捺，一点一横，热汗很快顺着额头流进眼睛里，涩涩地疼。

"江琳，你看，最后一个台阶了，我踏上这个台阶，你要说最喜欢我，答应的话，就按一下我的肩膀，好不好？"他在那个台阶上停下了脚步。

我眯着眼睛朝远处看去，一只春回的大雁展翅从飞来石边飞过。

虽然还有一点点没有看全，但是和喜欢的人来看飞来石的心愿也好好完成了吧！

我的嘴角扬了起来，轻轻地笑了。

"江琳，你醒着吗？"

我将最后一笔画完，再也没有力气回应他。

我醒着啊，陈浩。

"江琳？"他声音里带着一丝慌张，"你醒着吗？"

醒着啊。

他的声音已经哽咽了："江琳，江琳……你听我说话啊，我还有很多

话想对你说，还有最重要的一句话没有说啊。"

醒着啊。

没有感觉到吗？

我在你后背上留下的那个字，是我对你最后的遗言。

"江琳？"

再见，陈浩，再见。

番外 SPECIAL

告白与告别

ARE BLOOMING AS ME

　　她心上笼着月光，你在黑暗沼泽苦苦跋涉，莲花在脚边开成最美的模样。还要在这里蹉跎多久，她已眼含泪光。你用执意不想放下流连，牵起她掌心缠绵的思念。

　　陪伴，是最长情的告白；等待，是最温暖的邂逅。

　　01

　　第一次遇见她，是一个雨天。

　　开学的第三天，系里组织在大教室开会，我嫌弃里面气氛沉闷，便从后面溜了出来。走出教学楼，外面在下雨。

　　我喜欢雨天，确切地说，我喜欢听下雨的声音，淅淅沥沥，哗啦哗啦。

　　我恰好带了伞，却没有撑开，只是拿着伞顺着屋檐往前走。走了不多时，就看到一个瘦瘦小小的女生狼狈地在教学楼前的树林里盲目地乱窜。

　　她真是够小的，穿着单薄的衣衫，宛如一只蜷缩起来躲雨的小兽，眼神惶恐不安。

不知怎的，我没能挪开脚步。

她看上去很无助，浑身透着一种"快来拯救我，再没人来我会死在这里"的气息。

要不要去帮帮她呢？

一直以来，对身外事都漠不关心的我，忽然犹豫起来。

这不太像我的作风，我很想转身离开，可怎么都迈不开脚步。雨声莫名变得有些恼人，喜欢下雨天的我，忽然有些讨厌这场雨。

快些停下来吧，停了雨，那个瘦瘦小小的女生就可以从这里离开了。

我正祈祷着雨快些停，同寝室的萧天时走了过来，他在接听电话，语气暧昧。跟他一起出来的，还有一个长相让人分不出男女的同学，若不是她穿着女生的衣服，我一定会将她误认为是长相秀气漂亮的男生。

我回头看了一眼，远远地，那个瘦小的女生还缩在那里。

算了，就当日行一善吧！

我正打算去给她送伞，手机却偏偏在这个时候响了起来。是辅导员打来的，让我去帮个小忙。无奈，我将雨伞给了萧天时，让他去给那个女生撑伞，送她回寝室。

初见到此为止，我以为不会再遇见那个少女，但显然我错了。

那天从教室出来，我看到走廊的拐角处有一个小脑袋探了出来，她正伸长脖子朝我们教室看过去，似乎正在偷窥着什么人。

我顺着她的目光看过去，竟然是萧天时。

我顿时有些意外。不会吧，这小矮子不会是因为那次送伞事件，喜欢上萧天时了吧？

这可不行啊！萧天时那样的男生，是不可能和她那样的女孩在一起的。喜欢萧天时，她会受伤的啊。

不过想想，她喜欢谁，似乎与我并没有关系，她爱喜欢谁就喜欢谁吧。

我低着头走过去，假装没有看到她。

回到教室后，我和萧天时攀谈起来。一来二去，我和他已经很熟稔了，大部分时候，我都和他一起去上课、去食堂。而每当这个时候，我总会下意识地去寻找那个总会跟在萧天时身后的小尾巴。

有时候她躲在超市的货架后面，有时候她藏在开得喧闹无比的紫薇花树下，有时候她干脆明目张胆地跟在我们后面，假装她只是个路人甲。

于是在不同的地方寻找她成了我每天的消遣之一，因为看着她努力跟踪萧天时，我会觉得心情愉快。

一开始我以为她没几天应该就放弃了，因为毕竟这种盲目的喜欢都持续不了多久。

但我似乎错了，她出乎我意料地坚持了一个月、两个月、三个月……半年……一年……

真是个坚持不懈的家伙啊！

总是看到她笨拙地躲藏，我的心情渐渐地改变了，从一开始的漠不关心，到后来觉得有趣，到现在觉得烦躁难安。

她还要坚持多久呢？

她看到萧天时和不同的女生暧昧着，难道不会受伤吗？

她为什么还不放弃呢？

我站在寝室窗户边，看着她躲藏在灌木丛里。已经是秋天了，外面很冷吧，尤其是还看着萧天时和别的女生拥抱，哪怕这个拥抱只是一个生日礼物而已。

但她不会觉得难过吗？

不要再继续看下去了，持续得越久，受到的伤害就越深啊！

正巧这时萧天时的手机响了，一般我都会无视，但这一次，我却拿起了萧天时的手机，跑下楼，喊萧天时接电话。

拥抱的两个人分开，她应该会稍微好受一些的。

我本想直接走，可是这一次，我忽然不想再假装没有看到她了。我径直朝那边走了过去，她正好想从灌木丛里走出来，我忽然起了逗逗她的兴致。

于是我跟她说了第一句话。

我本以为她是个温润得像猫咪一样的女孩子，却没料到她是一只张牙舞爪的小老虎。这让我惊喜，因为我喜欢这样乐天派的女生，不矫揉造作，不会轻轻一碰就坏掉。

这大概是个契机，因为从这天起，我们开始了交谈，不再是她藏我找的捉迷藏了。更让我心情愉快的是，这个女孩将我当成了她的好朋友，甚至是好姐妹。

也太没有警惕心了吧！

就算我在她面前总是笑嘻嘻的样子，但拜托，请有点儿身为女生的自觉吧，我是个男生。

02

女生向男生告白这种事情，我见过很多，无一例外，都是女生红着脸，用蚊子一般低的声音，"嗡嗡嗡"地表达自己的爱意。

但她的告白不是这样的。

不得不说，她对萧天时的告白，不止让萧天时震惊了，同样也让我震惊了。

我从没见过那么没羞没臊的女孩子，却不自觉得被她吸引着目光。

后来她给天时打电话，我正好在边上，她声音大得我们全寝室都听到了。她让天时看烟花，天时真的去看了，我却转身穿了鞋，出了寝室。

天时问我去哪里，我回了一句去散散步。

然后我就走到了女生寝室楼的外面，她果然在那里，瘦瘦小小的她双手合十放在眼前，闭着眼睛像是在许愿。

我靠近她，本想喊她，却鬼使神差般伸手摸了摸她柔软的头发。

她被我吓了一跳，不过并没有暴跳如雷，反而将我视为她的幸运星。

我想了想，可不是幸运星吗？

就连她和萧天时相遇，都是因为我的缘故。

既然都是幸运星了，我便好心告诉了她，登山社接下去会有一次登山活动，这个时候我并不知道，就是因为这次活动，让一切都变了样，事情朝着诡异的方向发展。

登山活动的时候，她总是一有机会就跑到萧天时身边。

我发现我有点儿不对劲，我竟然在嫉妒萧天时，我一定是生病了，我怎么会为了她总看着萧天时而吃醋？

这不像我，我莫名变得很焦躁，尤其是这个女孩总有突发状况，走路总摔跤，端个饭碗都端不住。她在不停地给我制造麻烦，但我竟没有办法放下她不管。

我带着烦躁的心情，躺在帐篷里辗转难眠，睡到半夜的时候，陈小染忽然来找天时。我在帐篷里听到，那个女孩掉到山坳里去了，心里莫名地窝火。

她是笨蛋吗？大半夜不睡觉，跑去那么危险的地方做什么？

我脑子里莫名浮现出在那个黑漆漆的下雨天，第一次见到她的模样。

现在的她，是不是也像那个时候一样，惶恐不安，像只受惊的小兽，风吹草动都能惊动她？

她一定很不安吧！那家伙其实很怕黑的。

真是的，我一会儿看不见她，她就出了状况。

想到这里，我再也躺不住了，爬起来穿好衣服走出去。萧天时正打算去救她上来。那一瞬间，我忽然很不想让他去，总觉得这一次他赶到她身

边，她一定会更喜欢他的。

那个傻瓜是分不清感动和喜欢的区别的，因为她陷在绝望里。

再继续喜欢，是会受伤的。

因为我知道天时有个很喜欢的女生，那个女生在明年枫叶凋谢的时候，会来到他身边。到那个时候，小女孩，你要怎么办呢？

不能让她再继续喜欢天时，这份由我一手系上的羁绊，我想要亲手斩断！

我不惜和萧天时撕破脸面争吵，也想要阻止他去你的身边。江琳，当你知道这一点的时候，会怪我吗？怪我让你这个难能可贵的靠近萧天时的机会，白白流失吗？不管你会不会怪我，一想到你的视线总是追随着他，我的心里就莫名火大。更火大的是，那家伙根本不知道你是多好的姑娘，他不过是享受着你的视线带给他的满足感而已。

我就是没有办法原谅这一点！

心里满满都是郁闷烦躁，我不知道自己为什么要这么在意你，为什么就是不能放着你不管？在看到你孤零零地待在那个山坳里，看到我不是你期待的男生时，眼里流露出来的一点点失望，我知道我生气了。

对，生气，我简直气炸了。

在我为她而烦恼时，她却仍然惦记着萧天时那个家伙！

她没有意识到，她那略带失望的眼神惹怒了我。我趴下来让她拉住我的手，当她的手放入我掌心的一瞬间，当我看到她清润的目光凝视着我的时候，那些不明白的烦躁终于有了答案。

我竟喜欢上了这个冒冒失失、一根筋的女孩。

从什么时候开始的呢？

从什么时候开始喜欢上她而不自知呢？

第一次看见她狼狈地在雨中奔跑吗？还是在走廊里看到她探出脑袋的瞬间？又或者是从货架的缝隙里看到她黑葡萄似的眼眸时？

记不清了，只知道，在抓住她手的那一瞬间，我已经没有办法再安心地当她只是一个好朋友了。

我不想当她的好朋友，不想成为她和萧天时之间的幸运星，我宁愿只当她的陌生人，也不要是好朋友。

我将她拉上来，然后做了一件让她流泪的事情。

没错，我吻了她，她的眼泪，如断线的珍珠一般往下落，让我心里很难受。

她就这么讨厌我吗？

她就这么喜欢萧天时那家伙吗？

既然这么难过，那么就不要继续了吧！我会退回到陌生人的位置，像以前一样，每次明明看到了她，都假装看不到。

这项技能我已经使用一年了，一年来我一直都是这么走过来的，现在不过是退回到那时候而已。

江琳，我无法成为你的好朋友，我已经……不满足于只当你的好朋友了。

03

我本来以为这样就好了。

退回陌生人的位置就好了，可是不知道是不是我的错觉，那丫头好像有点儿难过。是因为我的忽然离开而难过吗？

她添加了我为QQ好友，我知道那是她，因为在她不知道的时候，我将她的QQ点开看了一遍又一遍，然后再悄悄删掉浏览记录。

我拒绝了她的好友申请，因为我已经打定主意只当她的陌生人。

可是拒绝的那一瞬间，我有点儿后悔。我在想，假如她再发送一次好友申请，我就通过吧。

可是她会发来吗？

当添加好友的小喇叭再次闪动起来的时候，我的心脏竟然漏跳了一拍，点开申请，这一次她写上了自己的名字。

那个笨蛋，以为我刚刚之所以会拒绝她的申请，是因为不知道她是谁吗？

她不知道，因为是她我才拒绝的吗？

我盯着这条申请看了很久，最终点了"确认添加"，我承认我害怕，我承认我不够坚决，我害怕我再拒绝，她就不会再发来好友申请了。

她第一时间给我发来QQ消息，我强迫自己冷淡地回应。因为我知道，一旦我对她和颜悦色，她就会顺着梯子往上爬，重新让我回到她好朋友的位置。

我不想给她这个梯子，可是看着她努力找话题跟我说话，心里又莫名难过起来。

小不点，你为什么不喜欢我呢？喜欢我的话，我一定不会让你难过，我一定会看好冒冒失失的你。

她果然是个贪心的家伙，聊了一小会儿就露出了狐狸尾巴。

我问她，我不理她，她会在意吗？

她回答我，很在意。

不能否认我有一刹那的欣喜，可是我明白，她只是将我当成最好的朋友而已。

多可悲，我一点儿都不想当她的朋友。

她最后说："请把微笑的陈浩，还给我。"

怎么还呢，小不点儿？

我独独对你温柔，你却看不见我，假如我退回陌生人的位置会让你在意，让你坐立难安，我宁愿永远都不对你微笑。因为这样，我会有种其实你也有点儿喜欢我的错觉。

我们的关系，忽然间就闹僵了。

转机是在那天，她在我们教室门口，应该是来找萧天时的。我让她走开一点儿让我进去，她傻傻地看着我，听话地转身让我走，可我才走了一步，她就死命拽住了我。

她问我为什么忽然不理她，为什么忽然要这样对她。

我无法回答她的问题，直到她的声音带了一丝哭腔，我惊得回头看，她飞快地扭头，可我还是看到了她眼角闪烁的泪光。

陈浩，你真是个笨蛋，你看你又弄哭她了。

她明明最讨厌哭了，可是我连续弄哭她两次。

我站在原地，看着她奔跑的背影，倔强的、瘦削的背影。

上课铃响起，我却跟着她跑了出去。那家伙最近好像特别容易摔跤，好像昨天才摔了一跤，摔得挺严重，今天又这么急匆匆地跑出去，再摔跤可怎么办？

我飞快地跟着她跑，在一个拐角处，看到她果然又狼狈地摔倒在地。我想去扶她，却见另一个俊秀的男生朝她走去。

看样子，她似乎认识他，那个男生弯下腰扶她起来，我停住了脚步。

忽然之间，我觉得自己真是太可笑、太天真了。我以为只有我才能保护她，才会一直看着她，可是我从未想过，有一天，会有另外一个比我更好的少年出现在她身边。

我转身想离开，却听见她喊我。她仍然像个混世小霸王，命令我站住，她质问我为什么不去扶她起来，为什么要对她视而不见。

可是江琳，明明有另一个男生在你身边，我不想看着你邂逅不一样的男生，不想看着你的目光总是追随着别人，却不肯看着我。

所以对不起，这一次，我不想到你的身边。

我往前走，她在后面任性地喊："陈浩，你不扶我，我就不起来！"

真是长不大的小丫头，又说这种话了。

不要这么说啊，会让我误会我对你来说很重要，甚至我对你最重要。

明明你有喜欢的人了，不是吗？那就不要给我无谓的希望，不要给我错觉，不要让我再痛苦下去。

我想我还是错了，因为我明知道这家伙不撞南墙不回头，当我再次回到她摔倒的地方，看到她真的还坐在那里时，我心里浮上一丝自责。

这家伙难道不知道地上凉，这么坐在地上等我，是打算等到明天早上吗？

我不来，她真的会无限等下去吗？

江琳，我有点儿看不明白了，你是不是……也喜欢我的呢？

我扶她起来，她因为坐的时间太长，已经站不稳了。我只好将她背起来，她双臂紧紧搂着我的脖子，看上去很开心，像是因为我的到来而欣喜不已。

走了没几步，之前的那个男生就出现在我面前了。

他像是经历了长时间的奔跑，还在喘气，眼神分明很紧张，在看到我的时候，喃喃说了这么一句话："我还是来晚了吗？"

大概，的确来得太晚了吧。

之后我才知道，原来他是她曾经喜欢过的人，她追了他三年的时间，可他跑去了国外，这次重逢，他像是想要让她继续喜欢他。

可这个没心没肺的女孩，偏偏将自己和他撇清了，连一点儿转圜的余地都不留给他。真是个绝情的丫头，再怎么也是自己喜欢过的人啊。

我背着她去了医务室，那个男生似乎还不死心。我忽然庆幸她的神经粗大，还没有发现这男生其实是喜欢她的，否则我大概又多了一个情敌吧。

看着这个男生，我忽然害怕起来，我害怕我再转身，也会跟这个男生一样，在她生命里成为过去，而我不想这样。

所以我对她说："你的陈浩，还给你。"

04

我们又退回到曾经的相处模式，是的，我妥协了，我败给她了。

就算只当好朋友，我也想留在她的身边。

重新做回好朋友，她拜托了我一件事，她让我约天时第二天下午一点去大操场，她要对他正式告白。

我当时愣了一下，可是看到她的表情，我忽然有点儿明白她要做什么了。

她是想和萧天时做个了结吧！

她的眼神告诉我，她想结束那段追逐了。

第二天发生的事情，正如我预料的那样，她跟萧天时告白了，和第一次告白一模一样的告白词，我不禁莞尔一笑。

这家伙真是……

萧天时被她逼到无话可说，最后竟然当着那么多人的面说出了有喜欢的人那种话，果然，她执着得可怕，连萧天时都败给了她的执着。

我多么庆幸萧天时早早就遇到了喜欢的人，否则我觉得萧天时一定会像那个叫洛苏的家伙一样，被她追怕，却对她上瘾，怎么都戒不掉。

她跟我说，一会儿去看完医生，有话想对我说。

我心里莫名欣喜，她要对我说什么呢？

会是我期待的那样吗？

她喜欢我吗？

应该……是喜欢我的吧？

我开始希望时间可以过得快一点儿，再快一点儿。到了医院，她进去体检，我在外面等她。

大概过了一个多小时她才出来，她对我微笑，她说到了学校再告诉我她想对我说的话。

没关系，我愿意等，多久我都愿意等。

我都等了这么久了，不是吗？

她一定是想告诉我她喜欢我吧，因为我感觉到了她的心情。

到了学校，她在我前面走，我在她后面跟，多希望这条路永远没有尽头，这样我就能一直留在她身边了。

可是接下去，她却说出了我完全没有想过的话。

她告诉我，她生了一种很不得了的病，这种病没有办法医治，并且，她已经没有多少时间了。

我当时的脸色一定很难看，我是那样措手不及。

我以为这是一个美好的开始，从今天起，我们会永远在一起，可是她告诉我这是一个终结，永远的终结。

她说，帮我跟他们道别吧，她自己说不出口。

她编了一个很离谱的瞎话，让我相信她对我一点儿感情都没有，可是笨蛋江琳，你不知道我有多了解你啊。

明明是脆弱的小女生，为什么总要这么彪悍，就连这种时候也要这样。她闭着眼睛跟我说话，我知道她其实已经哭了，她只是不愿意让眼泪流出眼眶让我看到。

我用力抱住她，告诉她可以哭的，因为我不会看见。

其实是我有私心，因为这样抱住她，她也看不到我已经泪流满面。

她哭着对我说："陈浩，我果然最讨厌你了。"

是啊，江琳，我也……最讨厌你了啊！

你看，你把我弄得这么狼狈，不是吗？

那之后的时间，好像过得很快，又好像很慢。

她退学，住院，好在还留在这座城市。

我隔三岔五地去看她，看着她的状况越来越糟，先是不能走路了，她跪坐在地上哭得厉害，她说："陈浩，我已经走不了路了，没有办法走路了。"

我说："没关系的，江琳，你想去哪里，我背你去。"

她说想去看看那些朋友，于是我就背着她回到了学校。她躲在角落里，偷偷看着他们，然后笑着说可以回去了。

我知道，她其实很想和他们说说话，只是害怕那样会更加留恋这个地方。

回去之后，她高烧不退，医生责怪我不该带她出去。她现在很脆弱，一个风寒都能带走她。

好在她挺了过来，只是她说话已经不清晰了。

不能这样，不能让她这样走掉，至少，至少让她和那些朋友道个别。于是我擅自做主去找了那些人，将她的病情告诉了他们。

洛苏很久都没有反应过来，最后喃喃地问我："是真的吗？"

我点点头，让他相信我没有说谎。

他轻轻笑了起来，说："一定是那丫头的骗局吧，下一秒她就会出现在我面前，告诉我这些都是假的。"

我不说话，我比任何人都希望这些都是假的。

他说着说着，眼泪忽然落了下来。

他说："陈浩，你知道吗？我认识她不算晚，可是我明白得比你晚。去国外之后，一开始见不到她我很开心，可是日子久了，我怎么都高兴不起来，我习惯在人群里寻找她，可她根本不在。后来学校有交换生名额，我看了名单，C大就在其中，我知道她就在这里，所以我迫不及待地回来了。但是陈浩，她真是个冷血绝情的丫头，对不对？她怎么能在招惹我之后，说不喜欢我就不喜欢我了呢？"

也是个动了真心的家伙啊！

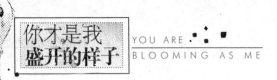

我不知道说什么能够安慰他，因为说什么都显得残忍吧。

他漂洋过海来找她，她非但不喜欢他了，还没多久好活了。

我看出洛苏喜欢江琳，却没有看出他喜欢得这样深。

在医院和江琳告别那天，很多人都哭了，我没哭，因为她一定不想看到我落泪。

送走了他们，我捧了一把雪给她，她欢喜得像个小孩子一样。

多希望时间走得再慢一点儿，对这个姑娘再温柔一点儿。

05

可时光，仍旧匆匆流逝。

在第一朵桃花盛开的那天，她姐姐来找我。

她说，江琳一直有个心愿，那就是和最喜欢的人去黄山看飞来石，你陪她去吧。

我点头说好。

于是我们穿上厚厚的衣服出发，登上缆车去到山顶。与她相识之后的一点一滴都在心头浮现，我多么庆幸我是背着她的，这样她就不用看到我一边走一边哭的样子。

因为很没出息吧，身为一个男生却在哭。

她已经一句话都说不出来了，可她还没有对我告白过。她对洛苏说过喜欢，对萧天时说过喜欢，可她唯独漏掉了我！

于是我说："江琳，等到飞来石的全景映入眼帘的时候，你告诉我你喜欢我，好不好？"

她没有回应我，我想她的表情一定像那天一字一句坚持说最讨厌我一样倔强，一样一脸得意吧！

我害怕她睡着，每走一个台阶都要喊她，直到感受到她轻轻按我的肩膀，我才稍稍放下心来。

医生对我说，她已经很虚弱了，每一次睡着都有可能永远醒不过来了。

明明是那么好动的家伙，却连路都不会走了；明明话那么多，却一个字都说不出来。

她现在在想什么呢？

我说："江琳，最后一个台阶了，我踏上去，你就说喜欢我，好不好？"

这一次我等了很久，她都没有按我的肩膀。

我有些紧张地问："江琳，你还醒着吗？"

你还醒着吗？

不要睡着啊，我还有好多话想对你说，我还没有对你说我喜欢你，你还没有承认你喜欢我。

我踏上最后一级台阶，感觉到她的手轻轻滑了下去。

我说："江琳，我喜欢你啊，喜欢到想永远和你在一起，你听不听得

到？你再按按我的肩膀，你告诉我你听到了啊！"

我不敢回头，不敢放下她，我站在山顶，看着她最想看的那块石头，眼泪宛如雨落。

江琳，你醒着吗？

你听得到吗？

不要着急睡啊，那么重要的一句话，你还没有听我说完。

你听完再睡着，好不好？

你告诉我，你最喜欢我，好不好？

你都没有说过喜欢我的话，你只说过："陈浩，我果然最讨厌你了。"

你啊，连一句告白，都要恶作剧一次吗？

江琳，你听好了，陈浩喜欢你，只喜欢你。

我的微笑只给你，你才是我盛开的样子。

江琳，再见！

再见！

敢问，却一直想问，你心里藏着什么人

不敢问，却一直想问，你心里藏着什么人。坐在舞台中央，白炽灯从上至下打来，正在唱歌的男生瞬间成为所有人的焦点。他闭着眼，手指在琴键上熟练划过，就像是以前练习时一样。

因为练得多了，所以几乎成了下意识的动作，想都不用想。

白莫年自认不是忍气吞声的人，他甚至睚眦必报，但是这个世界上或许真有"克星"一说，遇见苏如是那一刻起，他便沦陷了。只是可惜，让他万劫不复的那个人，陷入了别人的万劫不复里，所以……他放下所有骄傲，甘愿成为别人的影子。

连一个语气都无法确认，这种缺乏是什么象征。

白莫年唱得缓慢，一字一句仿佛敲在他的心上，他知道苏如是坐在台下，他也知道对方大概不会给予他任何回应，但是他就像歌词里唱的一样，"我想我疯了"，疯了一样想把自己的感情发泄出来。

他大概是嫉妒的，嫉妒让苏如是放不下，忘不掉的男人——陆潜人。

漫画手： 以上选自《那朵开在心里的花》片段，结尾是不是很有悬念，很令人期待呢？

记者： 可是有人反映最后那一格看不懂。

漫画手： 等买了书就看懂啦！到时候各位可以选出最喜欢的场景，要是漫画手能贺取的话，再画一两幅啦！哈哈……

安晴： 明明就是少画了一格嘛！

漫画手： 这个……那个

安晴： 说！你不是玩游戏去了！

漫画手： 啊哈哈，今天天气不错啊！（窗外：狂风大作。）

记者： 能不能告诉我们到底少了画了哪一格？

安晴： 等买书就看懂啦！

记者： ……

安晴： 对了，你刚才说让读者选自己喜欢的片段画，你可要记得

漫画手： 我是说我贺取的话，毕竟我是漫画手……

安晴： 没事，反正是免费的。

漫画手： ……

记者： 对了，安晴为什么会选取这段画成漫画呢？

安晴： 因为"小白"的镜头太少了，这种柔美的美少年就像蒙尘的遗珠。其实，不光"小白"，其他镜头较少的"配角"也是自己故事里的主角，只不过这里主要说"苏如是"和"陆潜人"，希望大家能也注意到他们。其实我也希望，有机会能把其他人的故事写出来！

记者： 好吧！那我们就祝安晴新书大卖，因为记者也很想看其他人物的故事呢！对了，记者喜欢"北城"，不知道你们喜欢谁？

题外

GLOBAL EVOLUTION

疯狂游乐场

 | 2 | | 4 | 5 | | 7

红雾降临了，小伙伴们跟我一起来冒险吧！

哈哈！刘畅帮你打退了大老鼠，前进一格。

啊呀！大柳树来了，大家快逃命啊！后退四格。

8

获得弓弩一支，再也没人说我是战斗力负五的渣滓啦！前进一格。

小美女翼静缠上你了，好开心！前进一格。

9

16 | | 14 | 13 | 12 | | 10

17

汪汪！狗狗当道，不许过来！后退一格。

呱呱！大青蛙饿了，它把你当成虫子啦，快逃呀！后退两格。

小伙伴们走进了一片丛林里，阴森森的，好恐怖啊！后退一格。

 19 | 20 | 21 | | 23 | 24 |

GLOBAL EVOLUTION

疯狂游乐场

| 26 | 27 | | 29 | 30 | 31 | 32 |

小朋友不要怕，兵哥哥来保护你！前进两格。

莬丝子？不是兔子啊，哇！好痛，呜呜！后退一格。

李轻水老师来了，小伙伴们得救啦！前进三格。

好大一只蜈蚣啊，三十六计走为上！后退两格。

| 34 |

| | 40 | 39 | 38 | | 36 | 35 |

| 42 |

| 43 |

不好，胖子被小动物抓走啦，小伙伴们快去帮他呀！后退三格。

一只蜘蛛八条腿，好多个眼睛一张嘴，真是太可怕了！后退一格。

经过千辛万苦，小伙伴们终于摆脱了危险。下次冒险，大家还要在一起哦！

| 44 | | 46 | 47 | | 49 | |

老友记 FRIENDS

"嫁入豪门？NO，我自己就是豪门！"

人家"范爷"说的话，就是够霸气！

不过，小编没想到在有生之年还能见到一个比"范爷"更霸气的女子。

她就是《七夜歌》的女主角盛七歌——一位富可敌国、连帝王的黄金屋都锁不住的传奇女子！

咚咚咚，有请我们"古言天后"+"悲情女王"唐家小主隆重登场！

掌声如雷过后……

唐家小主：

大家好，初次见面，就简单地自我介绍一下吧，我就是传说中那个被文字总监狐狸猫君和霸道总裁同时看上的"待选宫女"，美貌才情兼备，还有一颗强大的后妈心，哭死人不偿命啊，呵呵呵……

小编： 明明是待选作者好吗？（不愧是写古言小说的，随时随地都有代入感……）

唐家小主： 哎呀，话说为什么会取"唐家小主"这个名字呢，因为本小主最喜欢的朝代是唐朝，印象最深刻的武侠门派是那个善用毒的"唐门"，所以就完美地结合了一下。

小编： 一看这名字就有大红大紫的趋势啊！（小主红了，奴婢才能继续在这行混下去嘛，不然要改行回家去摆地摊卖地瓜了。）

唐家小主： 说了这半天，似乎还没进入主题呢，下面有请真正的女主角闪亮登场！比"范爷"更霸气的女子——盛七歌正朝我们款款而来！

小编： 盛七歌，这名字好！一看就会大卖！（一心只想着新书大卖的某人也真是……）

盛七歌：

请叫我盛掌柜，七歌这个名字，除了我爹娘，就只有一个人可以这么叫。（霸气啊！）

唐家小主： 盛掌柜所说的那个人，可是慕容锦夜？（窃笑……还不快谢谢本小主帮你取这么有意境的好名字！）

小编（好不容易插上话）8
我终于明白那本书为什么要叫《七夜歌》了，你们两个主角的名字都嵌在里面了，"你中有我，我中有你"，多么缠绵悱恻、荡气回肠啊！真是个好名字！一定会大卖的！

盛七歌（一脸鄙夷）：
小编，不要这么没节操好吗？如果你真的失业了，就到我家米行去做个分号掌柜什么的，每月一百两银子，保证饿不死你。

小编（喜出望外，奔路狂奔）8 就这么说定了！那我马上就去写辞职报告！

唐家小主： 喂喂，你走了以后我的稿子交给谁来审啊？

盛七歌： 翠羽没了，我身边正好缺一个贴身丫鬟，你要不要来试试？

唐家小主： 当丫鬟啊？我要考虑考虑……

盛七歌： 我允许你睡我的贵妃榻，坐我的湘妃椅，用我的……

唐家小主（眼冒红心）：
如果您愿意把锦夜殿下让给我，我就同意当您的丫鬟！

盛七歌（恼怒）8
你这是要上演"丫鬟逆袭"的戏码吗？到底谁才是女主角？

唐家小主： 啊哈，我这不是看您身边还有一位死心塌地的魏公子嘛。话说，本来你们俩才是一对青梅竹马的恋人，锦夜殿下横刀夺爱，我看不过去啊……

慕容锦夜（杀气四溢）8
明明让我们相遇相爱的是你，让我们心生嫌隙的也是你！最后他们双双离宫，只留我一个人孤独终老，作者大人好狠的心啊！

唐家小主： 啊，这都是误会，其实我更看好你们俩的！（边说边迅速逃走）

小编（泪流满面）8
我又回来了，老板说快年终了，叫我拿了年终奖再走！这么好的老板哪里找啊，所以我要留下来继续奋斗！顺便预祝唐家小主的新书《七夜歌》大卖特卖！

老友记 FRIENDS

我的青梅竹马,就是这么可爱

主持人: 当当当!"我的青梅竹马,就是这么可爱"活动终于如火如荼地展开啦!(读者:这是什么鬼活动……)这个活动我们请到了三对非常具有代表性的青梅竹马,那就是《好想轻轻喜欢你》的田藤and任青,《若我不曾忘记你》的韩震and叶晴,《世界尽头等到你》的江宸and乔萝!嗯?什么?秀恩爱?不不不!相亲相爱太老土,相爱相斗才好玩啊……现在我们请出青梅派的三位,任青、叶晴、乔萝,请说一个关于你们竹马的羞耻小秘密。

 **青梅派:**

★ **任青(揪衣角):** 我没参加高考,田藤竟然哭了……
●○● ●○● ●○● ●○● ●○● ●○●

★ **叶晴(挖鼻孔):** 韩震哭着求我嫁给他,想想就好爽……
●○● ●○● ●○● ●○● ●○● ●○●

★ **乔萝(面无表情):** 脸皮厚,从八岁追到我三十岁……不嫁也太不够意思了……

主持人: 接下来,请竹马派说说青梅的小缺点……

★ **田藤:** 太蠢,没审美。
●○● ●○●

★ **韩震:** 没腰,还不减肥。
●○● ●○● ●○●

★ **江宸:** 爱装!明明喜欢我喜欢得死去活来还不承认……。

(三位竹马,卒!)

主持人： 三位竹马淘汰出局。接下来请青梅派用三本书的书名造句，以达到一定的宣传效果——总不能卖得太差吧，不然BOSS不会放过编辑的……

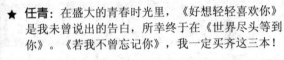

★ **任青：** 在盛大的青春时光里，《好想轻轻喜欢你》是我未曾说出的告白，所幸终于在《世界尽头等到你》。《若我不曾忘记你》，我一定买齐这三本！

●○● ●○● ●○● ●○●

★ **叶晴：** 很久才明白《好想轻轻喜欢你》的心意，却不曾想到《世界尽头等到你》是个谎言，《若我不曾忘记你》，我一定在最开始就爱上你。

●○● ●○● ●○● ●○●

★ **乔萝：** 我的机会就留给亲爱的读者吧，请大家随意拿这三本书的书名造句，并@"瞳文社"新浪微博，即有机会获取精美样书！

竹马派：

（封面以实书为准）

老友记
FRIENDS

当当当——

撒花！撒花！
+ 小洛子心理咨询室
正式开张啦！

【主持人】

你们有任何青春期的烦恼和对未来的迷惘，都可以写信或者发微博私信给小洛子！
从今天起，小洛子就化身知心大姐姐，为大家答疑解惑啦！

【众读者】 ♥

什么？小洛子不是穿越时空的精灵少女吗？怎么摇身一变，成了知心大姐姐？这真是
比穿越还穿越啊！

【主持人】 ♥

哈哈哈，你们不知道吧！小洛子也是有故事的人啊！以前她只是用可乐、爆米花把自
己裹在穿越的幻想时空中，不愿意面对现实，现在终于成长蜕变啦！在《后来我们
还剩下什么》里把自己的故事讲出来之后，在《至没有你的未来》里执着等待和寻
找后，整个人都脱胎换骨啦！经历了那样的青春的人，还有什么疑惑不能帮你们解决
呢？大家勇敢地把问题抛过来吧！

【西瓜绥绥】♥

小洛子姐姐，我来啦！看完《后来我们还剩下什么》之后，我特别感动。我现在读高一，也像苏了了一样，结识了三个关系特别好的姐妹。我们一下课就围在一起唧唧喳喳，就连上厕所也要结伴同行，不管有什么秘密，都是四个人分享的。但是最近，我发现她们三个人好像知道些我不知道的东西，一看到我就闪躲着转移话题，我忽然觉得自己好难过好难过，有一种被她们隔离在外的感觉。我每天吃饭、睡觉、上课、做作业，甚至走路的时候都在想自己哪里做得不好了，让她们那么讨厌我！小洛子姐姐，你能帮帮我吗？

【知心大姐姐西小洛】♥

咨询室开张第一天就迎来了第一个客人啊！绥绥同学，你好。你说的这种情况很普遍！就像书中的"姐妹四人帮"，如果苏了了与蓝图、唐晓言一起聊何夕送了什么礼物给她，也会避开白静苒的吧？因为白静苒也喜欢何夕，知道这件事她会难受啊！所以，你的朋友们或许也是有什么事情不想让你知道后难过，所以才不告诉你呢？不想让自己寝食难安的话，你可以直接问她们中的一个，然后再跟大家摊开来说，表明自己更在乎和她们之间的友情，不管是什么让自己难过的事情，都可以分享！

【主持人】♥

嘿嘿，时光飞逝，今天的心理咨询时间马上就结束啦！如果你对小洛子这个知心大姐姐满意和信任的话，欢迎来信来函告诉我们你们的问题！

来信请寄: 湖南省长沙市黄兴北路89号上城金都南栋21楼魅丽优品 西小洛 收

邮编: 410001

也可以新浪微博关注"merry_西小洛"，发私信过来说说你的问题，有可能下次在这里你就看到了自己的名字和问题哦！

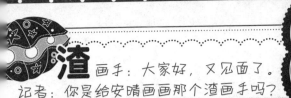

漫天画地

渣画手：大家好，又见面了。

记者：你是给安晴画画那个渣画手吗？

渣画手：是的，不过请去掉"渣"字。

记者：好的，那么请问渣画手，为什么你会来凉桃殿下这边呢？

渣画手：啊哈哈，因为这两人是好朋友啊，子是被其中一个人绑架之后，就变成了为两人服务……

记者：原来如此，那么看完凉桃殿下这本《甜蜜盛夏，王子入侵》，你有什么想法呢？

渣画手：啊，总之，这本书说的就是三个笨蛋凑成一台戏……男主角是打算征服地球的魔王大人，但是在来地球时意外掉入海里（参见漫画一），被女主角救上来后，两人展开了一段"我讨厌你——什么？我喜欢上了你？——哎呀，不好意思告白！——哎呀，忘了告白！——天啊，我还没告白魔王他爸就带兵杀来了！"的复杂剧情。

记者：呃……这个……那漫画二说的是什么呢？

渣画手：漫画二就是笨蛋男配角啦！他表面是闪着金光的完美少爷，私下里却有着看言情故事的喜好，并且特别容易被感动。当然，这里并没有画出来，这里说的是他在校门口不小心被女主角扒掉裤子的事……

记者：扒……扒掉裤子了？

渣画手：哎哟，当然是不小心的啦，女主角是被喜欢男配角的粉丝们不小心撞倒啦！

记者：可是，这样的话，为什么会扒掉裤子呢？

渣画手：……（逃走）

记者：那我们问问凉桃殿下好了……凉桃殿下请问……

凉桃：哎！渣画手！去吃麻辣烫啊！等等我！（逃走）

记者：……

渣画手：你为啥要扒掉别人裤子呢？

凉桃：我就是想看看草莓内裤……

新来街

暖暖环游
米米拉不思义的世界
—— 属于Princess虹之国三日游

Hello，各位同学，这里是米米拉带队的最精彩的不思议世界三日游旅程，作为史上最有爱最可爱的领队，我要先提醒大家哦，此段旅程路途有苦有甜，说不定我还会跟你抱怨，因为从每天凌晨零点开始，米米拉的异想世界就会敞开大门放出很多奇奇怪怪的东西让你应接不暇……

DAY 1
00：00 AM
停靠STOP 米米拉微信站

← 编辑：妮妮

在？

不在。

那我是在跟你的灵魂说话吗？

可能哦。

稿子进行得怎么样了？

还行，但是我有点为难。

怎么了？

男主角和女主角好像吵架了，我不知道该站在哪一边？

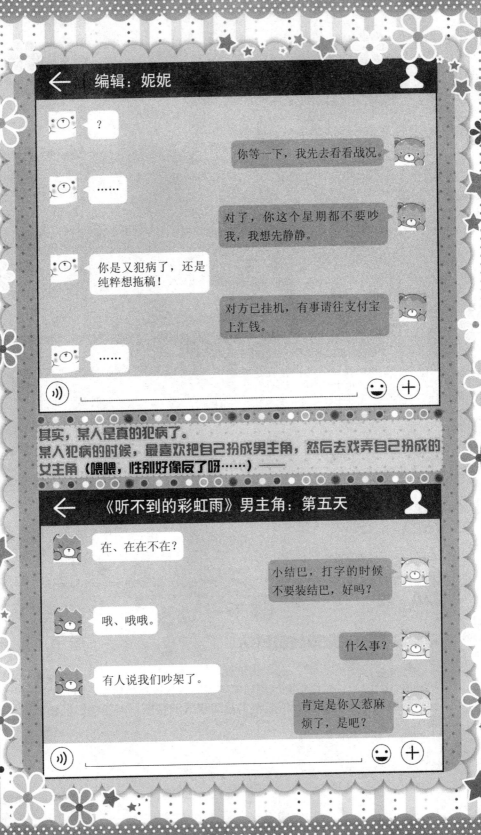

编辑：妮妮

?

你等一下，我先去看看战况。

……

对了，你这个星期都不要吵我，我想先静静。

你是又犯病了，还是纯粹想拖稿！

对方已挂机，有事请往支付宝上汇钱。

……

其实，某人是真的犯病了。
某人犯病的时候，最喜欢把自己扮成男主角，然后去戏弄自己扮成的女主角（喂喂，性别好像反了呀……）——

《听不到的彩虹雨》男主角：第五天

在、在在不在？

小结巴，打字的时候不要装结巴，好吗？

哦、哦哦。

什么事？

有人说我们吵架了。

肯定是你又惹麻烦了，是吧？

呃，你为什么老觉得是我的问题？

你不说的话，就到隔壁我房间来。

= =你、你想干吗？

想太多，我只是想看看你到底惹了什么麻烦，反正我只要接触你就能听见你内心的声音了。

你这个变态狂！

我是变态狂？那你每天动不动就摸我是怎么回事？

我、我……要不是我是结巴，我才不要摸你，让你知道我在想什么呢？变态狂！

你再骂一次试试？

哼！不理你了！

果然还是很听话。

……

DAY 2
10：00AM
停靠STOP 米米拉微博站

不知道什么时候，微博的私信里面多了很多找我谈心的同学，听他们述说对我写的书的喜欢，倾听他们从中获得的快乐，倾听他们的烦恼……

米米拉是个怎样的人呢？但是真的很喜欢你的小说呢。

我是个很容易就满足和快乐的人，所以希望把快乐也带给所有的人哟。

感觉米米拉大大写的书，不是那种为了搞笑而搞笑，为了虐而虐，而是感觉真的让人身临其境，会不由自主地为主角们的一言一行或担心，或感动。在很多作者都是为了盈利而写作，商业化太过明显时，而米大，你却一直保持着自己的风格。希望可以为了读者们多出点好书。好像废话了一堆……不知道米米拉大大会不会回。

我很认真地看了你写的这一段，真的很开心你喜欢我写的小说啊，我的目的的确是想带给读者更多的快乐，所以很多作者在转型做其他的时候，我依然坚持着自己的风格，谢谢你们的支持。

其实我在魅丽家族中最爱米米拉大人的作品了，是你让我懂得了什么是爱情，什么是小说。爱你爱你么么哒，我会一直一直一直一直一直……（此处乘N的N次方）一直支持你的，有时间一定要回我的信——爱你的米粉，夏若月敬上！（一定要回哦）

米拉大人你怎么不回我信？我下周没得手机用了……如果你回了信，我也看不到（蹲边伤心去）。米拉大人，我爱你，你可知道？

啊啊啊，现在才看到呢，我也爱你么么哒，收到了吗？

好烦恼哦……我的学业好差，今年我们年级会有个大考，听学长说这次考试会好难好难，而我本身的学业也是比正常人差得多，我该怎么办？听我发泄一下吧……

可以听你发泄，但是学业的问题只能靠你自己解决哟，加油！

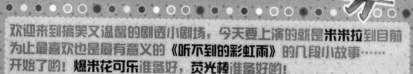

DAY 3
4：00PM
停靠STOP 米米拉新作剧透·小·剧场

欢迎来到搞笑又温馨的剧透小剧场，今天要上演的就是**米米拉**到目前为止最喜欢也是最有意义的《**听不到的彩虹雨**》的几段小故事……开始了哟！**爆米花可乐**准备好，**荧光棒**准备好哟！

首先，男女主角出场——

边彩虹：大、大家好，我、我叫边彩虹，但、但是很、很多时候都被、被人叫"小、小结巴"，我、我现在是第五天的隔、隔音小、小助理，就是他可、可以听到别人内心的声音，我、我站在他、他身边的时候他就听、听不到……

第五天：小结巴，你还是不要说话了，乖乖呆在我身边做一堵隔音墙吧，我来自我介绍吧。大家好，我叫第五天。

主持人：呃，这就完了吗？

第五天：当然，你以为我有那么多时间跟你们废话吗？

主持人：（跟彩虹说悄悄话）果然像你说的那样，说话又刻薄又讨人厌哦……

边彩虹：（悄悄话中）是、是吧，不、不过他很、很好推、推倒的，喜、喜欢装、装得酷酷的而已。

第五天：不要在我面前咬耳朵！

主持人：（正经脸）好、好了，我们还是开始剧透小剧场吧！

第一幕：

时间：7：30AM

地点：第五庄园

介绍：这绝对是最甜蜜的系领带事件，所以男生会系领带也是一件很吸引人的事情哦！

"对、对不起！"

我气喘吁吁地弯腰道歉，还尽量保证不要结巴得那么厉害。

"快点上车。"

第五天勾了勾手，一副懒得再多说的样子。

我撇撇嘴，就他一个人还要三辆车，搞得跟皇帝出行一样，我想也没想就往后面那辆车跑去。

"你干什么？"

跑到半路，我就被第五天叫住了："跟我一起坐这辆。"

不是吧？

我还以为他不喜欢跟我坐一辆车呢！

"哦、哦。"

我只好返回去，坐进车里。

第五天看到我坐进去，明明那么宽的位置，偏偏冷着脸往旁边挪了挪，好像我是什么细菌一样："小结巴，我不是告诉过你要随时待在我身边，好好地做隔音墙，不然我雇你回来干什么？"

"我、我……"

我忍！

我懒得去理他，只好低下头拿领带出气。

哎呀，怎么都弄不好！

拿着一头围了一个圈，将另一头塞进去，还是不行。我伸出头去看司机先生的领带，又缩回头来继续弄。

就这样，我伸头过去看看司机先生的，又瞟了瞟第五天胸前的领带，在我自己埋头苦"扎"的时候，丝毫没有感觉到整个车子里的气氛变得很怪异。

"你在干什么？"

坐在旁边的第五天不耐烦起来。

我暂时性失聪，打算不理他，自己继续弄，哪知道一只手伸过来，将我的领带抽了过去。我偏过头，发现第五天正冷冷地看着我。

他拿着领带往我脖子上挂过来。

妈呀!

他该不会看我不顺眼想勒死我吧?

"不、不、不要!"

我往后缩。

"你想什么乱七八糟的呢。"

第五天的手碰到我的肩膀,听到我的话,他脸一黑,瞪了我一眼,看到我又往后缩,只好命令道:"不要动!"

然后,他将领带绕了一圈围在我的脖子上,又将领带打了一圈,给我耐心地系好。他的动作好轻好温柔,他的呼吸喷在我的耳边,让我的心"怦怦怦"地跳起来。就好像被人催眠了似的,我一动不动地坐在那里。就连大脑里也是一片空白。

"小结巴,你拿了鼓在脑袋里敲吗?"

第五天突然停下动作,掏了掏耳朵,冷冷地看着我。

"啊?"

完了,好丢脸!

他听到我的心跳声了!

"你、你耳朵有、有问题。"我的脸滚烫滚烫的,躲开他的目光,低头看了看已经扎好的领带。

第二幕:
时间:3:50PM
地点:学生会办公室
前提介绍:彩虹想要帮助被冤枉偷东西的小叶,可就在两人快要找到线索洗脱嫌疑的时候,小叶却跑去自首,承认自己是小偷,彩虹只好去求助第五天……

"砰——"

我一把推开办公室的门。

里面正好站着几个学生会的干部,他们正拿着资料在向第五天汇报,被我推门的声音吓了一大跳,转身惊讶地看着我。

"你要干什么?没看到我在开会吗?"

第五天朝我投来冷冷的目光。

我顾不了那么多,直接冲到第五天身边:"第五、五……"

发现自己说话结巴得很厉害,连他的名字都说不利索,我更急了,干脆一把紧紧地挽住了第五天的手臂。

第五天,我有很重要的事情要说!

我用哀求的眼神看着他。

"放开你的手。"

第五天盯着我紧紧挽住他的手，眼神仿佛要吃人一般。

不能放开啊，放开的话我就讲不清楚了，这样，你才能不用听我结结巴巴地说话，就可以知道我要讲什么了啊。

我继续用哀求的眼神看着他。

"你……"

"咳咳。"

站在桌子对面的宣传部长尴尬地打断我和第五天，小心地问道："会长大人，如果你跟彩虹同学有重要的事情要说，我们俩还是先出去好了……"

"你们不用出去！"

第五天冷着脸说。

"那我们继续报告？"

一向被称作"书呆子"的宣传部长扶了下眼镜框，摸不清头脑地问。

一旁的文艺部长一副看不下去的表情，拖住宣传部长就往外走："快走啦，你到底会不会看眼色？"

两个人走出去后，还没忘了把门关上。

门关上前，我看到文艺部长一脸暧昧地朝宣传部长眨了眨眼睛……

呃！

这两人肯定又误会了！

不知道这一次又会出现什么乱七八糟的传闻……

"那还不都是因为你。"

第五天猜到我心中所想，不悦地指了指被我抓着的右手臂，斜着眼看我："小结巴，你又想给我找什么麻烦？"

第五天：好了，剧透得够多了吧，再剧透下去你要我们怎么演剩下的情节？

边彩虹：呃……可、可是，我、我觉得大、大家都没看够……

第五天：小结巴，你是想累死我吗？你一个人演吧，但是——千万不要找南宫雨来，我讨厌看到他。（转身就走）

边彩虹：等、等等我。（对主持人说）对、对不起，下次我们再来吧。

主持人：（为难）没办法了，谁叫我们的男主角的性格这么别扭，你真的不可以叫南宫雨一起来吗？

边彩虹：（害怕的模样）不、不要吧，相、相信我，他、他比第五天更恐怖！

第五天：还不快走！

边彩虹：不、不好意思！（跑开）

主持人：（歉意）对不起了，各位同学，既然我们男女主角都跑了，这次的剧透小剧场就到这里了哟，下次一定给各位带来更精彩的情节！

新潮街

"大神"在校园

这年头长得不帅你还好意思在校园里混吗?

#北大校草学霸##清华校草走红##北大图书馆男神#

这一个个微博热门话题昭示着一个铁证如山的事实——

三次元男神是真实存在的!

#北大校草学霸叶钦达#

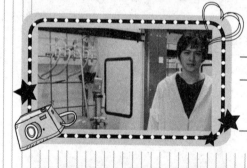

北大2006级本科生,38届国际奥赛化学金牌得主。

北京大学前校草,现在美国念博士。传说中现实版的江直树。

#清华走红校草李润东#

身高187cm,长相帅气无敌,无论男女装扮都分分钟秒杀你!

韩国有长腿欧巴,中国有男神学霸,真的帅到没天理,迷人的笑容让心都融化了。

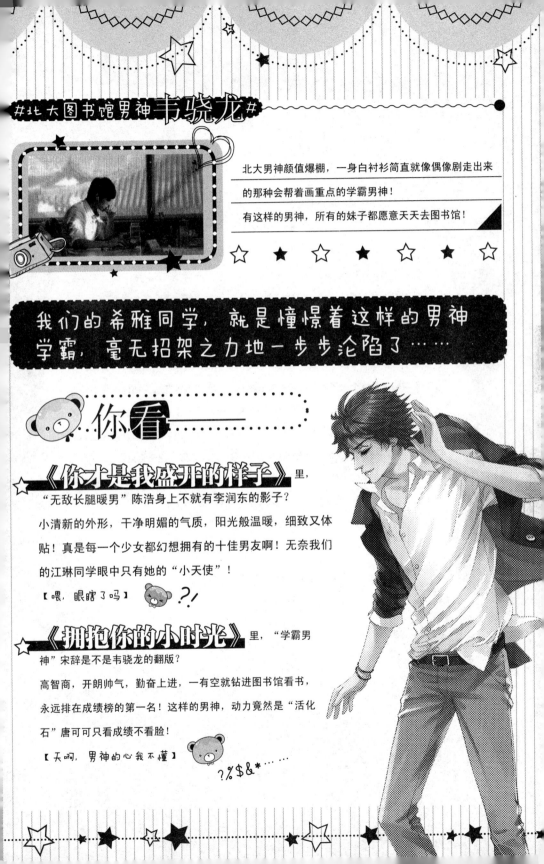

北大男神颜值爆棚，一身白衬衫简直就像偶像剧走出来的那种会帮着画重点的学霸男神！

有这样的男神，所有的妹子都愿意天天去图书馆！

☆ ★ ☆ ★ ☆ ★ ☆

我们的希雅同学，就是憧憬着这样的男神学霸，毫无招架之力地一步步沦陷了……

你看———

《你才是我盛开的样子》里，

"无敌长腿暖男"陈浩身上不就有李润东的影子？

小清新的外形，干净明媚的气质，阳光般温暖，细致又体贴！真是每一个少女都幻想拥有的十佳男友啊！无奈我们的江琳同学眼中只有她的"小天使"！

【喂，眼瞎了吗】 ?!

《拥抱你的小时光》里，"学霸男神"宋辞是不是韦骁龙的翻版？

高智商，开朗帅气，勤奋上进，一有空就钻进图书馆看书，永远排在成绩榜的第一名！这样的男神，动力竟然是"活化石"唐可可只看成绩不看脸！

【天啊，男神的心我不懂】

?%$&*……

穿越《全职斗神》手册：

人人都说穿越好，要是哪天你赶潮流穿进了《全职斗神》的世界，那么小编我会咧嘴露出两排森森白牙来恭喜

作为一个合格的穿越人士你需要牢牢记住以下提示。

1. 千万不要得罪女人，越是漂亮的女人越不能得罪，具体原因穿越便知。

2. 在发现自己穿成炮灰的情况下，要时刻注意天上会不会掉东西，哪怕掉了个平底锅下来你也要推开一切阻挠，抄起平底锅就跑。谁都不知道下一刻会发生什么，指不定平底锅里就有个吃吃东西就能升级的吃货世界呢。当然，要是锅里啥都没有，甚至还附送了个红太狼，就当我什么都没说。

3. 要是不慎穿越成了妹子，真男人不要悲伤不要沮丧，娘娘腔也别高兴得太早，你首先要做的就是找个镜子看看自己究竟长啥样。长得貌美如花赛天仙的你先别得意太早，请默念我说的第一条，然后开始想象美艳BOSS被男主角"虐"的场景……清秀可人我见犹怜的妹子就完全不用担心自己会命苦，最终原因嘛依旧是穿越便知。至于长得坑坑洼洼像蛤蟆的……好吧，炮灰你好，炮灰再见。

4. 你要是命好穿越成了男主角，那么你也要时刻提防着天上掉"金手指"，假如不留神被"金手指"砸晕了也别急，结果也就只有两个而已，不是进入菜鸟世界被坑着签下成神协议，就是被看了第二点提示的炮灰抢走"金手指"……所以说，穿越《全职斗神》无限好，炮灰主角都有得玩嘛！

好啦，小编我就不说多余的废话了，祝大家在这穿越之旅中玩得开心！

Full time
Mars